Al Este del Arcoíris

Antología de Microrrelatistas Latinos

Al Este del Arcoíris

Antología de Microrrelatistas Latinos

Latin Heritage Foundation

Al Este del Arcoiris

© Latin Heritage Foundation, 2013

De esta edición:

©Latin Heritage Foundation
8 Nunn Avenue
Washington, NJ 07882
United States of America
publisher@latinhf.com

Editor:L Andria Getsey Navarro.

ISBN: 0983524742

Impreso en Estados Unidos de América

Fiction / Short stories

Prólogo

Son diversos los temas que, haciendo uso del poder de la creación y el enriquecido lenguaje literario nos llegan desde disímiles partes del mundo, pueden conformar un volumen de tanto interés para todos los gustos; es por ello que la presente antología, compila muchas de las obras enviadas al Primer Concurso de Microrrelatos Latin Heritage Foundation, de los Estados Unidos de América.

Las vivencias de los seres humanos, sus derrotas y éxitos, pero sobre todo su imaginación prolífera, son las fundadoras de la empresa que hoy se regocija por conceder a cada uno de ustedes, horas de irrebatible complacencia.

Los estilos tan diversos y la economía narrativa de estos textos son dos de sus mejores armas en pos de atrapar al lector limitado por la rutina cotidiana y el ritmo acelerado de la vida.

Acompañados por estas obras de indiscutible valor estamos seguros que pasarán momentos placenteros y fructíferos.

Quedan a su disposición las páginas más fantasiosas, veraces, eróticas, alentadoras y lúgubres que brotaron de la imaginación humana, porque sin discusión alguna, en estas cuartillas habita el mortal y enrevesado mundo de hoy.

Andria Getsey Navarro Taño.
Editora, locutora de Radio y TV
Latin Heritage Foundation
Estados Unidos de America.

Alejandro Ramírez
Venezuela

Sicario por vez primera.

Cerrando el ojo izquierdo el muchacho pone máscara de hombre: precisa el blanco a través de la mira telescópica. La bala rompe el silencio. Abajo, en la calle, cae un hombre de corbata y maletín. El hombre del rifle retoma rostro de inocencia.

Mi abuela.

Yo recuerdo que cuando era un niño, me daba rabia leer, al final: "se despertó, y todo era un sueño". Yo le dije esto a mi abuela, y ella me contestó:" Bueno, de cualquier modo, todo es un sueño". Y dicho esto, comenzó lentamente a desaparecer.

Pesadilla II.

Por favor, sea breve, dijo mi víctima. Le respondí masticando cada palabra: "le prometo, en su próxima pesadilla matarlo en un laberinto".
Retrocedí unos pasos y cuidadosamente disparé.

Elizabeth Ortiz Pizarro
Chile

Identidad.

Todos vienen a conocerme. Después, hablan y hablan. Para mi mami, soy el vivo retrato de mi papá; el papá dice que mi nariz le recuerda a la abuelita; la abuelita que me parezco al abuelo; para la tía Laly tengo los ojos de la Paty, que todavía no la conozco. Me ponen un espejo y yo me encuentro igualita, pero igualita a mí.

Intento de fuga.

Bordeando los sesenta se sometió a cirugía para eliminar arrugas, levantar senos y trasero, quitar el excedente de grasa del abdomen y se tiñó las canas. Engañó a todos, menos a la muerte.

Itinerario de una generación.

De niño, frente a su cama colgaba el Sagrado Corazón; a los quince, Los Beatles; a los dieciocho, el Che Guevara; a los cuarenta...un gran espacio en blanco.

Sacrificio inútil.

Prometeo, a escondidas escapó llevando bajo su manto el fuego divino para entregarlo a los hombres.

Hoy, desde su roca contempla el mundo y en cada picotazo del buitre, se lamenta por haber desperdiciado tan valioso don.

Predicción.

Sócrates, a más de sabio fue un gran visionario. No estando dispuesto a que sus enseñanzas alimentaran las innumerables hogueras de la historia, jamás escribió un libro.

Revancha.

Durante el Imperio Romano, los cristianos fueron perseguidos, torturados, quemados y entregados a los leones. Con la Santa Inquisición se desquitaron.

Benedicto Andrés González Vargas
Chile

Gregorio Samsa.

No es fácil expresar lo ocurrido: Hoy vi a Gregorio Samsa sentado en un vagón del metro de mi ciudad y me miró con una sonrisa triste y bobalicona.

No sé qué gesto de desagrado hice, porque el bicharraco repugnante se alejó de mí y sólo porque lo alcancé me dijo:

—Debe saber la verdad, no soy él, soy su nieto.

— ¿No eres, acaso, Gregorio Samsa?

—Si lo soy, pero pertenezco a la tercera generación.

— ¿Cuántos más como tu hay en el mundo?

—Somos legión. Envenenamos la simiente de aquellos a quienes les revelamos el secreto.

El viejo Kafka nos engañó a todos.

Liliana Savoia
Argentina

Alta mar.

Solo, sobre el dibujo que las olas formaban para él, navegaba a la deriva. Las nubes lo acompañaban desde las alturas, formando caprichosos mares embravecidos, de color lavanda.

El espejo del océano acunaba su sombra. Todo era perfecto, tan perfecto que dolía la seguridad de que la calma se quebraría.

Aún así, dando por tierra con todos los augurios, siguió desplegando sus deshilachadas velas en un infinito presente.

Al este del arco iris.

Después de la lluvia se sintió aliviado. Quedaba por fin marcada la ruta, solo era cuestión de ponerse en marcha.

Llevaba como único equipaje una bolsa pequeña. Sin embargo, cargada con una parte de su vida. Ansioso partió hacia el este del arco iris. Allí, le habían dicho, entre la bruma azul y el poniente, vivía un sastre de ojos vacíos y cuerpo de piedra. Sus manos eran tan hábiles en el menester del tramado, que lo convertían en la única persona que podía hilvanar y hacer realidad los sueños.

Apariencia.

La mujer se iba corporizando en forma lenta pero constante. Había sido tal el deseo de Juano que la imagen de su mente se convirtiera en realidad, que el cuerpo se materializó a pesar de lo improbable de que el suceso ocurriera.

Lamentablemente cuando finalizó, Juano percibió que no era como esperaba. Tenía las piernas inmoderadamente largas y los pechos demasiado pequeños para su gusto.

Mañana, lo intentaría de nuevo.

Antes de cortar el hilo de lo irreal.

Una figura traspasa el papel entre lo cóncavo y lo convexo para asegurar que sólo ella cobra importancia en el insomnio. Tomo una birome, enrolo el papel de arroz alrededor. Lo sello. Mi lengua se desliza sobre la unión. Lleno el envoltorio de yerba. Lo comprimo. El humo que atravesó mi garganta ahora gira y gira sobre las horas.

Los siglos pasan y el sol aún teje su canasta de luces. Su forma, textura los días con el correr consumido de los segundos, una tijera de vidrio corta el hilo intangible de lo real y la figura traspasa el papel entre lo cóncavo y lo convexo para asegurar que sólo el vacío cobra importancia en el instante final. Yo, como animal insomne intento blandir la bandera del exilio desde un leve parpadeo.

A veces, algunas noches, arrincono mi cuerpo debajo de la escalera para sorprender al huésped invisible que se empeña en acompañarme y hacerle cosquillas yo primero.

Pero sólo observo el ángulo recto que forma la corbata contra el horizonte arrugado del cuello del gigante que se proyecta ante el espejo para arrancarse los pocos cabellos que le quedan y lucir para mí, las más lustrosas de las calvicies provocadas.

Bordado de luz.

El tiempo se volvió líquido, congelando la esperanza en una ilusoria nube que trasponía los sueños. Las nubes se arremolinaban curiosas, sólo una lucía en sombras. De su centro un triangulo de cristal se desprendía hacia la tierra, el halo de luz provocó una sonámbula estela, parecía provenir de una puerta cósmica.

El ambiente se embriagaba de un mudo silencio sumergiéndose lentamente en el secreto que la tarde quería ocultar. El resto de las nubes, viajeras de alas blancas y abultadas, contorneaban a su hermana oscura como la obsidiana.

El hombre que venía bordeando el río quedó embelesado de tanta paz y belleza. Sin dudarlo se dirigió hacia la luz. La tarde se volvió confidente, arrullada por la brisa... Era imposible abstraerse de esa cortina bordada de luces.

El paisaje era la escenografía perfecta para volver a congraciarse con la vida. Flotaba en la atmósfera un aroma a flores recién cortadas. El hombre avanzó hacia la luz y se dejó envolver en su brillantez. Su piel se volvió nacarada y violácea. . El viento se detuvo embargado con la escena.

El hombre ahora era toda luz y transparencia. Su materialidad había dejado de ser para convertirse en astillas de estrellas, que ascendieron y se dispersaron en el azul terciopelo de la noche.

Cacería.

Las botas relucen al costado izquierdo de las vías. Desde el negro intenso del cuero el poder se filtra, contrastando con el miedo de los ojos que las perciben.

Estela corre tratando de refugiarse en la estación de Adrogué. Trata de pasar desapercibida entre la multitud. No deja de mirar las botas que ahora están casi detrás de ella. Su cerebro está acelerado como su corazón. Todo depende de instantes. Si pudiera alcanzar el próximo vagón se desprendería de esas botas por lo menos.

El cazador no da respiro a su presa. El tren ya está en el andén, unos metros más y todo termina. Pero las botas apuran el paso y unos brazos se extienden para alcanzarla. Estela no opone resistencia, sabe que es inútil. Agradece haber tenido tiempo de dejar a su hijo en casa de sus padres.

Gina Hasbún Z.
Chile.

Escenario.

La bailarina y el danzante, la espalda sostenida sólo por su mano: languidecían; recobraban su postura y se desvanecían en el suelo. Ambos extendían sus alas, las agitaban; se incorporaban; corrían en puntas; un giro; otro giro; uno más, con los ojos encandilados en medio de la luz de un escenario de negros límites.

La sonrisa infinita.

La habitación estaba en penumbras. Entró silencioso, se acercó a la cama. Apoyándose en ésta, se deshizo de su silla de ruedas y se deslizó hacia ella. La besó largamente. La chica, narcotizada, no dejó de sonreír. Él, feliz y sin decir nada, le cubrió el rostro de cera. Esperó el tiempo debido y le quitó la máscara que perpetuaría su momento.

Medicina.

El carruaje del médico llegó a toda prisa y con los caballos ensangrentados de tanto ser fustigados, debido a que había sido requerido con urgencia: la hermosa reina estaba inconsciente en su cama.

Le tomó el pulso; de inmediato sacó de su maleta frascos llenos de sanguijuelas. —Salgan todos de aquí— ordenó alterado —debo hacer esto solo.

La desnudó con delicadeza, observó su tersura, su piel perfecta, y comenzó a poner las sanguijuelas sobre ella. Acarició sus pechos y con una lascivia indescriptible, enterró sus dientes en uno de ellos, succionando sangre hasta el éxtasis. Luego, puso varios de sus viscosos cómplices sobre las marcas que había dejado.

Marcos Zocaro
Argentina

Parásitos interplanetarios.

Con los dos soles escondiéndose por debajo del volcánico horizonte, el último de los insectos voladores inicia un moribundo y espiralado descenso a tierra, sellando así el fin de toda clase de vida sobre el planeta. Ante esto, el comandante de la nave nodriza felicita al resto de las naves, miles y miles que pueblan los cielos de este mundo en llamas, por el éxito de la misión: ya todos los recursos naturales y energéticos han sido consumidos. A continuación, sin perder más tiempo, el líder de los parásitos interplanetarios fija un nuevo rumbo y un nuevo objetivo: ahora la víctima será Bete-lyún, un planeta gigante que orbita alrededor de la estrella Betelgeuse, un planeta cuya civilización jamás podrá defenderse del ataque del Imperio humano.

Original.

Sentados a la mesa del restaurante más selecto, con sus rostros iluminados por velas y sus oídos inmersos en una suave melodía, él la toma de las manos, la mira dulcemente a los ojos, y le pide el divorcio.

Psicología introspectiva.

Me estoy cansando de pelear y pelear contra mí mismo. Siempre termino igual: con los puños ensangrentados y los espejos en mil pedazos.

Ernesto Antonio Parrilla
Argentina

La dama atrevida.

Susana de Lamas fue amante de varios millonarios hasta que se casó con Pierre Fountaine. De gustos exóticos y también clásicos, hizo plantar ciento veinte palmeras dentro de la mansión que compartían en las afueras de Los Ángeles y comprar cinco Monet auténticos.

De tarde, disfrutaba leyendo un libro bajo las anchas hojas de los árboles interiores y de noche, bebiendo tragos preparados por un barman privado mientras observaba con detenimiento las pinturas de su artista predilecto.

De noche sucedía lo previsible: le pedía a su marido que empleara la fuerza de una palmera y la tratara con la delicadeza de una pintura.

Sin embargo, según confesara a sus amigas más íntimas, gozaba más con sus lecturas y brebajes alcohólicos.

Enemistad de matones.

Calle abajo vivía el que todos conocían como el "duque". Un matón que sin rodeos podía desatar una pelea y finalizar antes que cualquiera pudiera levantar un puño para defenderse.

Cierta noche, embriagado por la soledad y la triste compañía de varios tragos, osó meterse en el bar de los Rizzioti, un sitio al que no concurría debido justamente a la enemistad con sus dueños.

Dicen los que estuvieron allí esa noche, que con el paso de los años se han multiplicado de tal forma que hacen pensar si realmente había tanta capacidad en ese recinto, que todo ocurrió tan rápido que no tuvieron ni tiempo a pedirse una ginebra para disfrutar el duelo con algo para mojarse la boca.

No se sabe si el alcohol o alguna situación del pasado mal manejada, pero el "duque" se les plantó a los hermanos Rizzioti y sin mediar palabra, los besó en la boca, primero a Luigi y luego a Carlo. La respuesta no se dejó esperar y la sangre italiana prevaleció con fuerza.

Los tres abordaron la Ferrari de los Rizzioti y ya nadie volvió a saber de ellos. Dicen las malas lenguas que cruzaron la frontera y comparten un matrimonio bígamo y homosexual, aunque no hay precisiones exactas. Los que aquí quedamos recordamos las huellas del pasado y miramos de reojo a quiénes se nos acercan de forma apresurada.

Guillermo Bermúdez S.
Guatemala.

El desconocido.

(Basado en la historia de Freddy)

Como las mariposas despliegan sus alas por primera vez era yo un preadolescente, enamorado de una preciosa chica mayor, cuando conocí el paraíso y el infierno juntos descubriendo dolores que ignoraba existieran.

Atravesaba el difícil proceso de crecer, enloquecido por la sensual muchacha, —ilusiones de niño atrapado por el amor— cuando todo eso pasó. Ese desconocido cambiaría nuestras vidas por completo, rasgando nuestras mentes infantiles y perdiendo la inocencia para siempre, mientras nos creían estudiando. Por eso hoy revelamos nuestro secreto, como una señal de alerta. Como si fuéramos poniendo pedazos de nuestros corazones, como flores de amor, sembradas en la carretera de la vida, por donde otros niños habrán de transitar, para mostrarles el peligro.

María del Carmen Guzmán Ortega
España

Elegancia.

Se compró un bolso de piel de serpiente, un abrigo de visón y unos zapatos de piel de cocodrilo. Luego, en su casa, y antes de acicalarse, repasó la conferencia que debía pronunciar en contra del maltrato de animales.

Así, elegantísima, se fue a presidir el congreso de ecologistas.

Aprendiendo a volar.

Nunca olvidaré mi primer vuelo. Tenía cuatro años, y como no alcanzaba al bote de mermelada, volé, me di con la cabeza en el techo y derribé todos los botes de la alacena.

—Clark Kent—fue la regañina de mi madre— ¡debes aprender a controlar tus poderes!

Asamblea por la paz.

Unos porque habían llegado primero y otros porque la Historia les daba la razón, conseguían que la lucha cada vez se encarnizara más, hasta el punto de hacer imposible la convivencia.

Una tarde, mientras los vecinos terminaban peleándose en la plaza del Ayuntamiento, el cielo se tornó rojo de pronto. Todos enmudecieron a la vez y miraron para arriba. Se levantó un polvo cegador mientras los truenos, silbidos y explosiones los hacía caer como muñequitos de plástico. Los dos alcaldes, antes de perecer fulminados, se tomaron de las manos y rezaron juntos a un mismo Dios, pero con distinto nombre.

Cartas a Gogo.

¡Qué emoción, Dios mío! ¡Ha llegado el correo!

Espero que este guapísimo cartero no sepa que yo misma me envío las cartas, para verlo todos los días.

¿El tabaco mata?

No sé por qué dicen que el tabaco mata. Tengo noventa años, fumo desde los quince y aun no me ha matado.

Podría haberlo hecho hace tiempo, en la guerra. Estábamos mi comandante y yo en la trinchera. Las balas rozaban nuestras cabezas y más de una gorra salió volando. Pasaban las horas y la desesperación hacía presa en nuestros nervios. Echaba de menos mi hermosa pipa, una reliquia de familia, pues la había dejado fuera. Entonces, y sin escuchar las órdenes de mi comandante, salí al exterior. Una granada fue a caer al fondo de la trinchera. Del comandante, ni las botas.

Pero mi pipa y yo nos salvamos.

Persecución.

Era un doberman, de esos con orejas de punta, hocico afilado, ojos oblicuos y elasticidad felina. Cada vez estaba más y más próximo. Su aliento casi podía sentirlo en mi nuca. Iba a alcanzarme de un momento a otro. Sólo el terror me daba bríos para subir aquella interminable escalera. La salvación quedaba allí, a sólo tres escalones, demasiado alta. En el primer rellano, una vivienda, una puerta salvadora, pero el jadeo del animal se acercaba, se acercaba… Un poco más. Un esfuerzo más. Llegué a la puerta, la aporreé con todas mis fuerzas, la pateé, llamé al timbre. Nadie abrió.

Cerré los ojos dispuesta a morir, a ser destrozada por las afiladas mandíbulas del perro. No sentí dolor, tan sólo una sensación húmeda en mis piernas, mis brazos y mi cara. Abrí los ojos pensando que ya estaba en el otro mundo, pero no vi ángeles.

Me estaba lamiendo, con todo el cariño que es capaz de dar ese perrazo.

Un oasis en la ciudad.

La monstruosa ciudad no ha muerto aún gracias al Parque, su remanso de paz, su oasis, su reserva de oxígeno, frescura, trinar de pájaros, flora exuberante y corretear de fauna por sus sombríos recovecos. El parque es como una isla en el mar de cemento, un misterio traído por las hadas, regado por las náyades que habitan en su inmenso lago, alegre por el corretear de gnomos ocultos en la fronda, romántico por las parejas que se besan en sus umbríos rincones, soleado en sus caminos de piedrecitas blancas donde juegan los niños y misterioso, muy misterioso cuando de noche chirría la verja sobre la grava del sendero.

Entonces, cuando las sombras lo invaden todo, me atrevo a salir de mi refugio bajo las aguas.

José Ramón García Pérez
México

Cómo le gusta al sol tu desnudez.

Cómo le gusta al sol tu desnudez… cuando te tiras en el patio sin más prendas que el pudor en una cajita; esos días tan calurosos, tu piel con pequeñas motitas de sudor ardiente, tus ojos apretados bajo esas gafas que te sientan tan mal. Tú, limpia y pura, tú ausente, tú y tus labios, tus labios tan cerrados y tu boca entreabierta, dejando escapar un fulgor como si poseyeras también un sol interior… Asesina.

Porque sí, lo confieso, a mí también me fascina ese increíble montaje natural que tanto te gusta improvisar para toda la vecindad.

Encantadoramente egoísta.

Y justo en ese instante, me deja desarmado. Inesperadamente. Tanto que hasta me sentí ausente de mi mismo, y entonces comprendí que ya la necesitaría eternamente para saber de mí, verme, sentirme, vivir, en ella.

Fatalidades.

¿Recuerdas el preciso instante en el que te diste cuenta de que jamás cumplirías tus sueños… y que más valía dejar de soñar? …Yo no. Pero sí pienso en todas las cientos, miles de personas que a diario se dan cuenta de esa jodida realidad… y creo que si yo recordara ese preciso instante, sería tan trágico que mi cerebro lo volvería a bloquear…

Amén.

Esta mañana despertaré muerto... y mañana también. Pero al tercer día, sentiré nuevamente la brisa en mi cuerpo, y los vendajes caerán, y la puerta se moverá... toda carne desaparecerá y levitaré para mirarlos diminutos, insignificantes...

Ayer me crucificaron, y me dieron muerte, pero juro por mi padre que regresaré, y el hijo del hombre sentirá mi castigo, recibirá mi ira a cambio de su blasfemia... y mi ira es interminable, como lo es también mi amor...

Y cuando pidan perdón, y supliquen, y miles me alaben exaltando un nombre, y se crean perdonados, bañados por mi sangre, devorando absurdamente el pan que hacen mi cuerpo... y se digan "hijos"... Poco a poco los seguiré consumiendo, porque mi cólera es imperecedera, y mi furia más violenta que todas las cosas violentas que han visto... y llegará a un límite irremediable, pero la agonía será más pesada que el tiempo y así caerá sobre todos y cada uno, y sólo entonces, en su final, podrán conocer apenas un fulgor de mi odio...

Y aún así, estúpidamente me amarán... y dirán amén... y amén.

Vocaciones, vacaciones.

Y entonces ella abrió sus piernas como se debe de abrir una hermosa calle veraniega ante un boquiabierto turista, y a tientas él entró, y anduvo así deteniéndose en cada rinconcito, frente a cada aparador, comprando recuerditos y tomándose fotos aquí y allá, de esto y de lo otro; aunque sabía bien que esta vez no serían necesarios todos esos detalles para recordar esas vacaciones...

En silencio.

Y me senté hasta que todo dejó de ser. Y entonces sólo el silencio llegó, y ni siquiera fue ya como una ráfaga de tormento vehemente, ni como una noche oscura y lluviosa que se vislumbra acercarse desde el ocaso, ni como una bestia silenciosa que sabes está al acecho y finalmente llegará para devorarte. No, es... sencillamente así. Es el silencio en su más puro estado, el silencio sin pendejadas ni clarividencias, el silencio sin epilepsias ni embolias ni luxaciones, el silencio sin instrucciones, sin metáforas que adornen y den poder a una frase raquítica, a una definición creada de palabras sustentadas en el vacío del lenguaje, el silencio sin aleluyas ni fatalidades, el silencio sin chalequitos amarillos porque no sabemos si será varón, fémina o maricón. El silencio sin tapujos.

Eso es lo que quedó.

Para ese momento ya ni siquiera sentía miedo… y creo que eso sí es para dar miedo…

Ángel Luis Figueroa Rodríguez
Puerto Rico

Mi último relato.

El cansancio y el sueño me invadieron en la madrugada y dejé sin concluir el relato con el que ponía fin a mi carrera de escritor. Decidí posponerlo todo para la siguiente noche. Al otro día llegué más temprano de lo que mi mujer siempre me esperaba.

Quise sorprenderla, pero el sorprendido fui yo al encontrar la puerta de nuestro dormitorio cerrada con llave. Ante un arrebato de celos derrumbé la puerta. La cama acaparó mi atención. La sorprendí acompañada de mi ordenador alumbrándole su inerte rostro. Yacía helada con su mortaja de Armani. Fue en ese instante cuando recordé el pacto que hicimos hace veinticinco años la noche en que nos conocimos: "A partir de ahora ninguno de los dos despedirá al otro". Ese fatídico juramento se me metió entre ceja y ceja martillándome la conciencia y un impulso me obligó apresuradamente a concluir el escrito. Me atiborré de los medicamentos que ella no alcanzó a tragar. Eché el ordenador al suelo y me acomodé a su lado a esperar un mañana donde no haya de quien despedirse.

El amor te vuelve ciego.

—Eres la luz de mis ojos—dijo a su enamorada el hombre que partía a la guerra.

A los seis meses de estar al frente de batalla, el estallido de una granada lo dejó ciego. A su regreso fue a buscar a su amada y no la encontró.

Diana Profilio
Argentina

Impotencia.

Se ajustó la corbata e irrumpió en el despacho con un fingido halo de indiferencia. Con refinado porte permaneció de pie, junto a la butaca, aguardando en vano la invitación a tomar asiento. Apenas el bolsillo de su impecable saco lograba ocultar aquel puño dolorido tras oprimir los dedos, con todas sus fuerzas, contra la palma de la mano.

Cada músculo se iba tensando en insoportable y sistemático orden, proyectándole una pétrea sensación en todo el cuerpo. En el incómodo mutismo, su entrecana cabeza esbozó un parco gesto de aprobación aunque su mirada, fija y penetrante, decía lo contrario; sólo comprimió la mandíbula hasta rechinar los dientes, para no gritar...

Arrastró los pies hasta acercarse al despejado escritorio mientras intentaba invocar lo poco que quedaba de su vapuleada valentía. Con imperioso esfuerzo peleó por contener esa lágrima que no debía correr. Tomó el bolígrafo, disimulando el tembloroso pulso, y apuntó con dificultad sobre el frío papel. Finalmente, asestó la esperada firma.

Apartó en silencio los dos elementos que refrendaban lo irreversible. Se aferró con ahínco a la incipiente caja donde había dejado caer sus desgastadas pertenencias y se marchó sin más, procurando mantener la frente erguida.

Una puerta cerrada dejaba atrás el retrato que olvidó a sabiendas, donde su sonrisa engalanaba aquella cena de camaradería... junto a los compañeros de trabajo.

Miguel Ángel Segurado
Argentina

El otro.

El tono de voz era suave y acogedor; ella lo llamaba por su nombre, él la escuchaba lejana; la mente le jugaba una mala pasada, no quería despertar —o no sabía si aún podía hacerlo—. Supuso lo peor, lo más grave. Hallaba en el íntimo olvido un hálito de esperanza; olvidar un recuerdo no querido lo sujetaba a la vida. Tenía el incomodo hábito de ser pensante y racional, ello lo limitaba a no ver más allá de los ojos, arrastrándolo a un vacío que le perforaba las entrañas. Ella seguía llamándolo, su voz lo envolvía con dulce agonía y ese sonido intermitente opacaba el color de las palabras. Pensaba para sí: "Ese es mi nombre ¡Yo soy Horacio!, ¡soy Horacio! y no puedo desentumecer la lengua para pronunciarlo".

Buscó en lo más intrincado de la mente, su muerte, pero el ambiente lo condicionaba a aceptar la vida, aunque según su ácido criterio lo llevaba a pensar que era el otro y, de él sólo quedaba el cuerpo carnal, porque el alma se había diluido en su antiguo y desgastado habitáculo. El otro lo había invadido, tomado en todas sus funciones, apropiado de sus sentimientos, pero debía despertar, y sujeto a la voz de ella dejó que los párpados izaran las pestañas. La miró con temor, descubrió el peculiar e intermitente sonido del monitor cardíaco que se superponía a las palabras, sonrió; supo en esos momentos que seguía siendo él, aunque el corazón fuera de otro: "El trasplante resultó exitoso", anunciaba a su familia el parte médico de las 18hs.

El vestíbulo.

Se detuvo en la sombría galería de la vieja casona; un agudo dolor le laceraba el pecho. Oyó un ruido; luego tres ahogados gritos en el vestíbulo; corrió a investigar. El dolor era cada vez más intenso, sentía desangrársele el corazón. Una sombra se alargaba por debajo del umbral, se acercó lentamente con la pistola martillada y el pulso firme, la insípida luz del antiguo velador retrataba una fina figura al lado del ajado sillón de cuero. Abrió lentamente la puerta, el crujir de las bisagras delataron su presencia. Entró envalentonado y fue recibido por el gato de la señora Emma; sonrió y trató de acariciarlo, notó que su mano atravesaba el cuerpo del felino, se sobresaltó; alzó la vista y, un hombre yacía en el sillón con el pecho ensangrentado, era él, y a su lado la desquiciada señora Emma con un cuchillo en sus manos.

El final.

—Vamos a proceder, Comandante.
—Procedan— dijo con resignación, aceptando su destino.
Bastó una sola descarga para arrebatarle cuarenta años de gloria.

La estampilla.

—En el reverso de esta valiosa estampilla encontrarás una fecha y una hora—dijo Josef Schultz a Simón Levy antes de expulsar su último hálito de vida—. No la divulgues a nadie, sólo llama a este número telefónico y entrégasela a la señora Sara Hudson que estará esperando tu llamado.

Las calles de Caacupé en Paraguay son pasibles y templadas, menos ese nefasto ocho de julio. Una tormenta rayaba el horizonte con ráfagas de viento y amenazantes nubes sobre el lago Ypacaraí. Simón Levy había arribado a esa ciudad hacía apenas una hora. No hablaba bien el castellano y su vestimenta sobresalía entre los habitantes. La levita y el kipá, denunciaban su procedencia judía y rabínica. Llevaba el habitual cansancio de un largo viaje. Tel Aviv lo había despedido con una refriega entre soldados israelíes y milicianos palestinos frente a la Franja de Gaza como para que no olvide sus raíces. Su paso agitado era seguido por la tormenta, ningún teléfono público había a la vista. Entró en un bar y solicitó uno. Llamó al número por el cual diligenció su viaje y una dulce voz de mujer lo atendió. Era Sara Hudson. Lo citó en su casa inmediatamente; la tormenta ya se había desatado. Llegó al domicilio casi empapado. Una humilde puerta de gastada madera lo recibió. La casa era baja de paredes blancas y del único ventanal que tenía, una anciana mujer asomó sus cristalinos y grandes ojos celestes. Lo hizo pasar, le convidó un café caliente y éste le entregó la preciada estampilla.

La mujer ante la situación y por respeto, se vio obligada a delatar el misterioso secreto que guardaba ese sello postal. Simón Levy cayó al suelo con convulsiones, tomándose el vientre y la garganta; el veneno actuó rápido, falleció enseguida. Ella sonrió y salió de la casa; un automóvil de la negrura de la noche la estaba esperando para llevarla al aeropuerto. La estampilla en sí carecía de valor, lo valedero era la fecha y la hora que, reacomodando los dígitos no era otra cosa que el número de una suculenta cuenta bancaria radicada en Buenos Aires. Josef Schultz, en realidad se llamaba Josef Mengele y hacía años que vivía en Israel. Sara Hudson era esa mujer a quien la historia la conoció como Eva Braun.

José Cardona-López
Colombia

Don Rodrigo hacia atrás.

El aparatoso mecanismo de ruedas, bielas, piñones, levas y poleas empezó a hacer girar al gran cilindro donde don Rodrigo se había metido. A medida que los tejidos se le distendían, él sentía una apacible inquietud en las carnes. Don Rodrigo rejuvenecía. En menos de dos horas se volvió Rodriguito.

El cilindro giraba vertiginosamente. Al cabo de tres horas Rodriguito estaba en el vientre materno, era una curiosidad para algún laboratorio de biología. A las tres horas y media ya no era la palpitante vida en las entrañas de su madre, pero ella pensaba que al próximo hijo que tuviera lo llamaría Rodrigo.

El cilindro giró y giró hasta consumir todo el combustible. El motor de la máquina se detuvo y los padres de él pensaban en no tener más hijos.

—De todas maneras Rodrigo hubiera sido un buen nombre para un hijo mío—. Se dijo la madre sacudiendo la cabeza. Después ajustó con vigor una puntada en el macramé que tejía.

Giorgio y Marco.

—De la misma manera que las aguas del Tíber no son las mismas al pasar bajo este puente, las personas que lo caminamos una vez nunca seremos las mismas al volver a caminarlo—. Le argumentó Giorgio a Marco una noche de primavera en el Ponte Sisto. Discutieron toda la noche.

Otra vez era primavera. Las rosadelfas de nuevo daban la cara en Piazza di Spagna, y Giorgio y Marco tenían el andar despacioso que ocasionan los años.

—Si una persona vuelve a cruzar un puente, nunca es la misma que lo cruzó la vez anterior—. Le argumentó Marco a Giorgio en el Ponte Sisto.

La madrugada los sorprendió discutiendo en una placita del Trastevere.

Salvamento de una leyenda.

— ¡Ese colmillo hay que extraerlo!, no hay otro remedio.

El conde se estremeció en la silla y se cubrió la cara con la capa. Comprendió que había sido muy descuidado con la pieza dental. Sus mejillas imitaron el color de los lirios. Gemía.

—Entiendo cómo será su nueva situación sin ese colmillo, pero no hay nada más qué hacer. El absceso fue intenso, y la infección casi alcanzó la mandíbula… Después podríamos acudir a una prótesis.

El conde lloraba. Pensaba en lo ridículo que iba a quedar en la historia. La leyenda tendría un desagradable giro de ciento ochenta grados. Se comparó con un miserable zancudo. Entonces, los salones del castillo, la heráldica familiar y la juventud en Transilvania se anudaron en su corazón y su mente.

El orgullo de Conde le permitió decidir que si perdía el colmillo era mejor quedarse con el hueco en la dentadura antes que tener un inservible postizo. Armado de valor, detallando el amenazante gatillo que se movía despacio entre la luz amarilla de la pantalla, definió su suerte:

— ¡Extráigalo!—, gritó. Tenía los ojos húmedos.

Había concluido que a partir de aquella noche su trabajo debería ser más demorado: punzar dos veces y sorber dos veces en la yugular de las víctimas. El placer del chupeteo quizá disminuiría, pero la doble labor lo restablecería. Además, la leyenda se salvaría.

Una clase de biología.

El profesor de biología nos había llevado al zoológico para explicar nos el desarrollo de las especies. Junto a cada jaula tomábamos apuntes y nos codeábamos y sonreíamos con malicia por la gravedad de párroco en película de cine español que ponía el profesor. Otras veces nuestra atención se mudaba al ejemplar de turno. La chilladera del aviario nos recordaba los recreos del colegio de mujeres vecino al nuestro, la bocaza abierta del hipopótamo nos hacía bostezar, los rugidos de los leones hacía tocarnos las carnes hasta los huesos, el penduleo de la cabeza del oso producía mucha risa y algunos medíamos el paso del tiempo con su ayuda.

Tal como el profesor había anunciado su audiovisual cátedra en carne viva, la terminamos frente a la jaula del orangután. Era uno de Borneo, corpulento y de vello espeso y marrón, casi rojo. Desde un rincón de la jaula el animal nos miraba nervioso. Cuando él miraba al profesor, parecía que le prestara mucha atención a sus palabras, se rascaba la cabeza.

Ante la interesante exposición, de nuestra parte todo era silencio. Cada palabra nos hacía aumentar la observación hacia el antropoide. El tiempo que no destinábamos al animal era para tomar algún apunte en el cuaderno.

—Y el nombre que la ciencia ha dado al maravilloso resultado de la evolución de esta especie es el de…— Hubo dos puntos o unos puntos suspensivos que casi toqué, en los que incluí el sonido de un redoblante, como si fueran a anunciar un nuevo jabón o un dentífrico — ¡Homo Sapiens! — El profesor recostó un brazo en una barra de la jaula. Paseó la mirada sobre nosotros, parecía esperar preguntas.

Mientras escribíamos el latinismo, detrás del profesor escuchamos una voz chillona y torpe que preguntó ¿Homo qué?

Que trata de la indagatoria al ingenioso caballero Don Miguel.

— ¿Lugar?
—De La Mancha.
— ¿Nombre?
—No quiero acordarme.
— ¿Por qué?
—No lo sé. No quiero.

— ¿Apellido?

—Hidalgo.

— ¿De cuáles?

—De los de lanza en astillero, adarga antigua, rocín flaco y galgo corredor...

—Gracias. Eso es todo.

—Una olla de algo más vaca que carnero, salpicón las más noches, duelos y quebrantos los sábados, lentejas los viernes,...

— ¡Basta! ¡Basta!

—Algún palomino de añadidura los domingos...

— ¡Basta! ¡BASTA! Que siga el próximo caballero.

Eduardo Gregorio
Argentina

Palabras usadas.

Ya habíamos encontrado demasiadas palabras vacías; es decir, aunque parezca raro aparecían ahí, tiradas en cualquier lugar, en forma de cáscaras y con nada adentro. Probablemente las habían usado y luego despojado de todo lo que pudiesen tener. No habíamos visto nunca una cosa así, palabras tiradas como inservibles, condenadas evidentemente a la nada, menospreciadas de manera que no volvieran a utilizarse.

Nos pareció atroz y supusimos que era una de las cosas más insólitas y terribles que podrían llegar a pasar; hasta que alguien nos sacó del error: según nos dijo, en otros lugares era peor, porque, luego de vaciarlas y convertirlas en nada, seguían y seguían empleándolas.

Magno.

Las águilas volvieron y ocuparon sus nidos con el vuelo majestuoso y suficiente de quien se siente, por el momento, el más poderoso. El fin de la batalla había dejado sólo un campo desierto y un ejército destrozado como símbolo patético y paradójico de la ambición de poder.

Allí mismo estaba naciendo otro imperio, por ahora representado por un niño solo, que forjaba, en medio del espanto, un coraje que aparecería después de quince años. Cuando la trama ya sería otra y él, como siempre ocurre con los jóvenes, creería que la historia recién estaba comenzando.

Reparto.

Esa relación amorosa no era algo que se diera entre dos personas sino, al menos, entre tres. No, no era lo que estamos acostumbrados a interpretar como el "triángulo amoroso", es decir la infidelidad de uno de los involucrados. La tercera persona era imaginada. De ahí a decir que la cuarta también, había un paso prácticamente obvio.

La tercera persona era la representación que la primera se hacía de la segunda. La cuarta, claro, era lo mismo para la segunda en relación con la primera.

Pero no se trataba de algo decepcionante, ni falso ni retorcido. La concreción de ese amor fue algo que pudo realizarse gracias a la existencia de dos seres imaginados que servían, así, a dos personas reales.

Integración.

Queríamos encontrar en la guía telefónica el número correspondiente a Blas. Es decir: queríamos buscarlo; encontrarlo aparentaba ser, en principio, una tarea casi imposible pues no recordábamos su apellido. Pero no se nos ocurrió ningún método que tuviese algún chance de ser efectivo.

No obstante, lo mismo decidimos ponernos a la tarea porque, definitivamente, no teníamos ningún otro modo de dar con él ¿Que cómo hicimos? Pues, comenzamos desde la página 1 a detectar todos los nombres de Blas que pudiesen figurar. Suponíamos que, al verlo con su apellido, lo reconoceríamos.

Encontramos miles, y pudieron ser millones de haber tenido un nombre más común, como Carlos. Nuestra tarea fue ímproba, incansable y hasta pareció que podía ser infinita. Hallamos Blases de todo tipo y vaya a saber cuántas vidas posibles. Entonces dejó de importar para qué lo buscábamos.

Impulso.

Solamente había dejado caer una lágrima cuando se arrepintió, porque se encontró preguntándose cuál era el precio que realmente se pagaba por dejarla caer. Una verdadera lágrima aparece de golpe desde un costado ignorado y se vuelve intolerable hasta que estalla como un torrente de una gota.

No permanece mucho tiempo, visible y ardiente; apenas es un arrebato importante, algo que parece estar a punto de hacer grandes revelaciones y se extingue sin haber hecho otra cosa más que sugerirlas. Quizás, después de todo, se trata sólo de una sublime expresión de impotencia que hace un esfuerzo especial por mostrarse. Se arrepintió de haberla dejado caer porque, como siempre le ocurría, su ignorancia mayor fue la de no saber qué se le había ido con ella.

El mundo.

Cuando murió, se llevó el mundo que conoció porque no tenía sentido dejarlo, ya que no sería comprendido por nadie. Es cierto que una gran parte del mismo, quizás la más grande, no había estado dentro suyo sino fuera, pero ahora debía llevarse todo para evitar que también se perdiera irremisiblemente. Sucede que últimamente las cosas cambiaban cada vez más rápido e iban desapareciendo en un panorama nuevo que parecía tener la propiedad de diluirlo todo.

La gente ya no se iba más llevándose sólo lo propio: los recuerdos, las emociones, las nostalgias, las angustias, la felicidad. Ahora también debía llevarse el mundo.

Personajes.

Dispuesto a escribir un microrrelato, necesitaba resolver rápidamente el tema de la cantidad de personajes: partir de uno solo evitaba mayores complicaciones y aseguraba la posibilidad de mantener sin problemas una trama breve.

Si, en cambio, me inclinaba por dos, era más difícil comprimir el desarrollo pero podía hacerlo más rico y ameno.

Con tres se abría todo otro panorama, con factores ajenos a los dos primeros. Otra vida interfería con sus propias razones; el espacio amenazaba condicionar los hechos hasta volverlos excesivamente escuetos.

Cuatro personajes prometían un cuadro colorido, variado, pero también dificultades muchísimo mayores. Era como impensable meter todo eso en muy pocas palabras.

Al llegar a cinco, los personajes comenzaron a aparecer en tropel, en número insospechado como siempre sucede cuando algo crece demasiado rápidamente.

Cuando acepté la necesidad de pensar en eliminar algunos de ellos, pude entender la diferencia entre la vida y la literatura.

Francisco Enríquez Muñoz
México

Incontenible.

Después de treinta minutos, el hombre desnudo miraba a la mujer desnuda con el mismo horror, con la misma incredulidad con que ella lo miraba a él, pero el semen continuaba saliendo disparado hacia el techo como pálidos fuegos artificiales.

Mientras.

Ámbar se quedó ahí, sobre la cama, tendida boca arriba, jadeante, sudorosa, pierniabierta, mientras Héctor seguía flameando en su mente y en su alma, y a su lado Ignacio, le hacía un nudo al condón.

Alicia sigue sin decir ni Mu.

Alicia sigue sin decir ni mu. Hace mal quedándose callada porque esta noche no la violaría si me dijese algo. Continúa mirando hacia el techo. Decido poner las cosas emocionantes y le meto el pene en el ano. No protesta. Después de un par de fuertes embestidas, la agarro con fuerza de las nalgas y, con un grito entrecortado, me vengo dentro de ella. Ni siquiera me insulta; si mantiene la boca abierta es sólo en señal de burla y no para hablar. Me parece, por cierto, que abulta menos que cuando la compré. Puede que esté perdiendo aire por alguna parte.

Un viernes.

Sales del trabajo. Dos horas más tarde entras a tu casa. Te recibe el resplandor emanado de la televisión que nadie ve. En la pantalla un sudoroso güero mueve la pelvis encima de una gritona negra. Distingues el estuche de esa película porno, la botella de vino tinto medio vacía (¿o medio llena?), las dos copas y los cigarrillos recién finalizados sobre la mesita de centro de la sala. Tropiezas con la ropa tirada en el suelo. La ropa conduce al dormitorio. Te diriges a él con sigilo y, a medida que te acercas, comienzas a oír la fricción de carne contra carne, el rechinar del colchón, los jadeos, los gemidos, las frases quebradas, los sonoros besos. Atraviesa por tu alma una asfixiante sensación de vértigo pero, aun así, consigues llegar al treceavo peldaño de la escalera. Desde ahí divisas la ventana abierta del dormitorio, el horizonte surcado por franjas anaranjadas preludiando la noche, el pie femenino pisando delicadamente el aire. Subes el último par de escalones y enciendes la luz. Entonces te descubres a ti misma desnuda, debajo de tu desnudo marido.

Un acto humanitario.

Es sábado. Son, según mi reloj digital de pulsera, las cero siete dos puntos treinta y uno pe punto eme punto. Mis papás no están. Se fueron al súper. Mi hermana es una escultural estudiante de preparatoria que le gusta portarse muy mal y hacerse la inocente. Está encerrada en su cuarto, arreglándose para verse bien (o para que nadie la vea mal) en el antro al que más tarde va a ir con su novio y con sus cinco inseparables amigas. Yo soy un loser feo, flaco, tímido que no sale excepto para ir a las clases de la universidad, que no tiene amistades y que todavía no ha hecho el amor con una mujer. Estoy echado bocarriba en el sofá de la sala, mirando fijamente, como alelado, mi reloj digital de pulsera. De pronto, mi hermana emerge de su cuarto, se lanza a toda pastilla en dirección al estéreo de la sala y empieza a programar las tres mejores canciones de su nuevo CD para que se repitan hasta la eternidad. Anda descalza, como indígena por su pueblo. Pero trae puesto un pantalón azul de mezclilla tan ajustado que se le puede ver perfectamente el contorno de la panocha. Observo sobre todo sus nalgas apetitosas cuando mi hermana echa una mirada por encima del hombro y me sorprende haciéndolo, cosa que no le molesta en absoluto. La vista se me empaña y vuelve a aclarárseme y mi hermana sigue mostrándome las asentaderas como si no pasara nada y sigue mirándome por encima del hombro como si todo fuera una actitud filantrópica, un acto humanitario. «Ay, pobrecito, nunca podrás tener algo como esto», me dice con los ojos, y yergue ligeramente el trasero.

En la fiesta de cumpleaños.

Ayer, en la fiesta de cumpleaños de Sofía, Arturo me sacó a bailar. Eran las dos de la madrugada y yo estaba cotorreando y hablando con Mariana y Nadia sobre nuestras fantasías y aventuras pornográficas, bebiendo tequila con limón, borracha, sin novio (por alguna extraña coincidencia, ni ellas ni yo tenemos novio desde hace cuatro años) y cachonda (¡oh, tantos años de hambre, tantos años con viento entre las piernas!). Esa combinación (alcohol y lujuria) fue, pues sí, lo que me impulsó a aceptar bailar con Arturo. Si bien él no es del todo apetecible (demasiado flaco, granoso y pálido), pudo serlo para mis ojos ebrios y calientes. Me puse de pie, sonriendo como una mensa y percibiendo que el suelo se encabritaba, se sacudía por olas enormes que levantaban las paredes hacia un lado y hacia otro, y, de inmediato, Arturo me agarró por la espalda, por sorpresa, y me atrajo con fuerza hacia sí, mis pezones contra sus pezones, mi pubis contra su ingle. Sin dejar de mirarme a los ojos, él se pasó la lengua por los labios, para lubricarlos y luego me enseñó los dientes como perro antes de atacar. Entonces fue cuando me di cuenta de que sus colmillos se alargaban. La verdad es que eso no me dio miedo. Simplemente, eso no me dio miedo. Sin decir agua va, Arturo me mordió en el cuello, pero no con cuidado ni con suavidad, como siempre lo han hecho los galanes con los que he estado, sino con una especie de asquerosa urgencia que me encantó.

En ese momento ni siquiera me pregunté por qué me parecía tan excitante ese tipo de mordida, tan brusca y poderosa. Mientras él succionaba mi sangre, dejé caer la cabeza hacia atrás y cerré los ojos. La sensación era agonizante y maravillosa al mismo tiempo. De repente, nos vimos bañados en silbidos y aullidos burlones de Mariana y Nadia, y nos separamos de golpe, un poco cohibidos.

José Picón Gil
España

Desamor.

Un suave golpeteo me sacó del trance consciente en el que estaba sumergido. Me levanté de la crujiente mecedora para ver quién osaba rescatarme de mi ensueño.

— ¿Quién es? —pregunté con un hilo de voz.

No hubo respuesta.

Abrí la puerta… no sé porque lo hice, algo me impulsó a ello. Era Soledad.

Siempre con la misma estampa: alta, delgada, con un atractivo del que no se podría deducir edad alguna, y con unos ojos negros, profundos, Inexpresivos pero penetrantes. No dijo nada y la dejé entrar. La seguí como hipnotizado hasta el pequeño y oscuro salón, en el que se detuvo.

La rodeé y volví a ocupar mi lugar en la vieja mecedora… ahora veo ese momento y me río de mi mismo ¿Por qué no le ofrecí asiento? ¿Por qué fui tan descortés con ella? Eso lo ignoro, sólo sé que el estar yo sentado y ella de pié hacia el ambiente aún más incomodo. Y ahí estuvo, esperando, hasta que me decidí a hablar.

—Quería verte—dije—gracias por venir, no me atrevía a llamarte. He pensado mucho en ti todo este tiempo—guardé silencio y después reí— ¿sabes? Es curioso, llevo encerrado tres días en este… refugio frío y horrible donde nada puede ser acogedor. En los tres días he pensado en ti… y ahora no sé qué decirte. Hace tres días que Ella se fue, y sé que no volverá… y todo por mi culpa. He sido un estúpido, ciego hasta el final. Ese final donde sus palabras se convirtieron en cuchillos y me atravesaron sin piedad, y ahora, sin una gota de sangre en el cuerpo… no sé qué decirte. En aquel momento cerré la puerta con llave, ensordecí a las forzadas palabras de amigos y familiares, y me hundí en mi tristeza, hasta que llegaste… y ahora no sé qué decirte. No entiendo nada, todo es injusto, no sirvo para nada… Pero dime, ¿de qué me sirve compadecerme?… Debo dar lástima. Hay una tormenta dentro de mí y sin embargo… sigo sin saber qué decirte…

Dejé de hablar y hundí la cara en el vano consuelo de mis manos. No quería pensar nada, no quería ser nadie, ni estar en ningún sitio.

Entonces levanté la mirada, y ella me sonreía… sentía como si me sonriese una piedra… Entonces habló.

— ¿Seguro que me prefieres a mí antes que luchar por Ella?

—… Si.

El resto ocurrió demasiado rápido. La puerta se abrió violentamente con un aire huracanado. Y entonces vi que allí había otra silueta, cuando mis ojos se adaptaron a la luz pude distinguir sus rasgos; era vieja, de rostro severo y largo pelo blanco que, lacio como una pluma, daba latigazos con el viento. Entonces la reconocí… era Olvido… y había venido para quedarse.

Volar.

¡¡¡Volar!!! ¡Como si fuera tan fácil! Se creen que por tener un par de alas (bastante ridículas, por cierto) a la espalda, ya puedes coger y lanzarte al vacío así, como si lo hubieras hecho toda la vida.

No tengo ninguna necesidad, aunque me han dicho que para nosotros es necesario eso de volar, y volar bien, que de eso depende todo lo que hagamos a partir de ahora. No sé si lo dicen de verdad o es solo un viejo truco para que los recién llegados a este mundo nos animemos. También nos dicen que los mayores estarán a nuestro lado, que nos ayudaran y que nunca pasa nada y que… si fuese verdad eso de que no pasa nada no buscarían tantas justificaciones. ¿Acaso se olvidan de aquello de la fuerza de gravedad?

Y no solo eso. Si en un momento dado, logras mantenerte en el aire (cosa que dudo), ¿qué pasa con los aviones, enormes pájaros que transportan montañas de personas en su barriga? Por no hablar de huracanes, tifones y otras ventoleras varias que se te llevan a las Quimbambas en menos que canta un gallo. O esos tarados que van en todo tipo de aparatejos raros con y sin motor, con o sin alas (¿se puede volar sin alas?) que dicen que es deporte ¡Y es que es cierto, eso de volar está ya muy masificado, que a la que te descuidas te tragas un avión de esos o una nube de mosquitos o qué sé yo!

¡¡Volar!! ¿Quién carajo inventó esto? Seguro que era un masoquista porque, a la que te acercas al borde... ¡uuffff! Que vértigo. Yo sufro de vértigo; las alturas me dan miedo, se me revuelve el estomago, me entra un tremendo cosquilleo en las piernas y tengo que agarrarme, inmediatamente, a lo primero que pillo. Así que, digo yo que podrían dejarme para cualquier otro tipo de trabajo, si es que lo hay; total llevo tan poco tiempo en este mundo, que no estoy seguro de eso de los diferentes trabajos posibles para los de mi especie.

Pero aun así, la respuesta es ¡no!, ¡¡Que no me muevo de aquí!! Aquí estoy seguro; esto es acogedor y calentito, además por aquí veo que hay otros cuantos tan novatos como yo ¡Que les pregunten a ellos a ver si quieren saltar al vacío por muchas alas que tengan! Aunque la verdad, hay algunos que tienen la cara iluminada, como por una tremenda ilusión (aunque yo no lo entiendo, lo juro); y eso que sus alas tampoco son tan bonitas que digamos. Tirando a normalitas, o sea, del montón. Y conste que no es envidia, ¡Solo faltaría!

Si, si, lo sé. Lo reconozco. No soy un espíritu aventurero, y sé que en definitiva no puedo culpar a nadie de esta situación ¿A quién se le ocurre ser tan bueno durante su otra vida?

¿Volar?

...

—Ángel numero 3.891, pase a la rampa de aprendizaje de vuelo. Repito. Ángel numero 3.891, pase a la rampa de aprendizaje de vuelo, por favor.

Muy señor mío.

¡Soy un peligro al teclado! Veo esas letras tan majas y sinceras que me dan ganas de pisotearlas una y otra vez para que sangren tinta, esto... plástico y formen ideas, pensamientos, relatos... jodidamente caóticos, insensatos, pervertidos, eufóricos, desinhibidos, lamentables, juguetones, trastornados.

La idea no importa. El asunto es ponerse y esperar a que algo interesante salga. Y si no sale... Eso no entraba en mis planes. Si no sale, pues mejor dejarlo para mañana ¡Un momento! Que después me reprochan eso de "no dejes para mañana lo que puedas hacer hoy" ¡Caramba!, como se nota que no hablaba de escribir ese gracioso de turno que se pensó más listo que los demás y que tenía más razón que un santo.

Muy señor mío, lamento comunicarle con algo de retraso que no siempre se cumple su dicho o refrán. "Por huevos, siempre estará la excepción a la regla", podría replicarme. Vale, pero yo le sodomizaría aún más: no es la excepción, hay más de un caso, ¡leches! Hay que ser vago, dejar para mañana algunas cosas, porque ¿y si resulta que lo estábamos haciendo mal? ¿Para qué perder el tiempo, si mañana tendremos que deshacerlo y volver a empezar?

El caso es que, efectivamente, no estoy dejando para ese famoso mañana lo que estoy escribiendo y así ha salido lo que está saliendo ¡Carajo! Algo desequilibrado si está el tema, pero bueno, por no oír al "muy señor mío", lo cuelgo hoy. Pero mañana que no me venga con tonterías de la mierda que he inventado hoy, porque entonces, me lo cargo y eso sí que no lo dejaré para MAÑANA.

Cena familiar.

El hombre del tiempo no se había equivocado. Una gran tormenta llevaba dos días encima de nosotros, descargando su furia en forma de viento y lluvia incesantes. El fluido eléctrico se extinguió a media tarde, sobre las seis y media, y no se había restablecido aún cuando cayó la noche y nos dispusimos a cenar. Abuelo, madre, mi hermano pequeño y yo. Todos estábamos alrededor de la mesa, iluminados tenebrosamente por la enfermiza luz de las velas que siempre utilizábamos en estos casos. Nuestras confusas siluetas, revueltas ante la temerosa luz, se reflejaban endeblemente sobre las paredes del comedor, alejadas en esta penumbra no acostumbrada.

No había nada que decir. Cenábamos en sepulcral silencio, sesgado solamente por el ruido de cubiertos y las enérgicas embestidas del temporal contra la persiana medio bajada. Sabíamos que poco después de la cena nos retiraríamos a descansar. No resulta agradable estar sentado entre tinieblas durante mucho tiempo.

Me quedaba un poco de carne en mi plato cuando de repente oímos el ruido que nos congeló la sangre de las venas. Venía de la entrada principal de la casa. Sí, era el típico sonido de una llave queriendo encontrar el hueco de la cerradura. La rutina diaria nos había concedido la facultad de reconocer a quien entraba con tan sólo oír la manera de abrir la puerta. Mamá me buscó con ojos exorbitantes y una mueca de asombro de una pieza en su cara, pues ella sabía perfectamente que lo que estaba sucediendo era imposible que sucediera, porque todos estábamos sentados en la mesa. ¡Era imposible que nadie entrara en casa! Pero la llave entró, y giró. El terror se apoderó de la expresión de los ojos de mi madre. ¡Estaba sucediendo! ¡Estaba pasando realmente! La puerta se abrió con un quejido y dos grandes pisadas sonaron sobre el suelo de losetas. A continuación, un violento portazo hizo vibrar las paredes bruscamente.

— ¡Soy yo! — berreó una voz ronca difusamente incomprensible.

El monstruo acababa de llegar.

Amor verdadero.

Abel González iba a cumplir cinco años cuando le dijeron que tenía cáncer. Él se propuso de continuar su vida con total normalidad. Siempre fue valiente, hasta el final, y pensábamos que si él era valiente por nosotros, nosotros seríamos valientes por él, decía su madre.

Y así lo hicieron. Transcurridos cuatro años, el pasado mes de abril, les comunicaron a sus padres que a Abel, ya con nueve años, le quedaba ya poco tiempo de vida. Cuando nos lo dijeron, hicimos con él absolutamente todo lo que estaba en nuestras manos.

Deseaba reconquistar a Nazaret, su gran amiga, que por las circunstancias se había alejado de ella.

Y Abel amaba, por encima de todo, a Nazaret Mohammed. Su amiga de la escuela, su "amiga ". Durante unos años, la unión fue perfecta, pero poco a poco se fue diluyendo. Deseaba recuperarla.

Sus padres le echaron una mano. Prepararon una gran fiesta y ella asistió. Después de ésta, siguieron viéndose. Y en una de esas citas, Abel le cogió la mano a Nazaret y le pidió que se casara con él. Ella aceptó. Los padres consagraron este enlace y prepararon la ceremonia.

Tal y como nos dice el Ponny Express, fue una boda en toda regla: anillos, iglesia, limusina, certificado.

El 13 de julio contrajeron matrimonio. El día 14, Abel murió en su casa en compañía de sus padres. Su mamá trae a la memoria las palabras de Abel después de hacer su sueño realidad: "Ya puedo irme ".

La herencia del abuelo.

Le tocaron la puerta, pues no tenían timbre, y de haberlo sabido no les hubiera abierto ¡Qué desgracia!

Toc toc. Abrió la puerta y un tipo vestido de negro, de unos sesenta años, se presentó en todo su esplendor, por llamarlo de alguna manera.

— ¿Qué sucede? —preguntó.

—Tengo algo para usted.

—No me joda—le respondió el chico.

El anciano le entregó una carta sellada con un material que intentaba imitar a la cera. Las abejas se habían extinguido, así que...

— ¿Por qué no me ha venido por el implante?

—Resulta que este es un tema que no se puede tratar de otra manera.

Entonces una oleada de miedo se apoderó del muchacho.

—No... Entonces mi abuelo... no...

El anciano asintió con la cabeza. En pleno siglo XXII, con todas las desgracias acontecidas durante el deshielo, aquella era la peor, la que temía toda la gente.

— ¿Se ha muerto?

El anciano tan sólo le asintió con la mirada y le señaló el sobre. El muchacho le abrió despacio, con miedo, y cuando lo leyó varias veces, el papel digital se borró hasta que fuera recargado de nuevo con luz solar. Se tambaleó y el anciano le tuvo que sujetar.

—Ya hemos pasado todos por esto, tranquilo. Aún eres muy joven. Y lo era, tenía treinta años y se le había venido el mundo encima.

— ¿Por qué ahora?

—Son cosas de nuestro tiempo.

—No podré aguantarlo ¡No podré soportarlo!

—Muchacho—le contestó tajantemente—. Asúmelo. Tu abuelo te ha dejado la hipoteca que heredó de sus padres, y ahora te toca a ti. Y como no lo hagas—le apretó fuertemente el cuello—sabrás lo que somos capaces de hacer.

Recuerda que ahora el gobierno somos nosotros.

Tiró al muchacho al suelo y se marchó, dejando una interminable negrura a su paso.

La muerte de la muerte.

—Ya estoy cansada, no puedo seguir así, cada día es lo mismo, matar y matar, ¿no podré descansar nunca? —se preguntaba la muerte.

Cada día se sentía más sola y triste, no podía hacer amigos porqué al final los tenía que matar cuando llegaba su hora, estaba aburrida y eso hacía que empezara a dejar de lado sus obligaciones diarias.

Hasta esa mañana, estaba cansada de todo y decidió que tenía que acabar con todo, subiría al gran monte dónde se podía contemplar a toda la humanidad y allí se lanzaría al vacío, moriría y acabaría con todo su sufrimiento. A medida que subía contemplaba a la gente, sus idas y venidas de la casa al trabajo, como en el otro lado se reunían para las fiestas, como las plagas asolaban regiones más secas el índice de mortalidad subía y subía, cada vez el mundo estaba peor.

Por eso, una vez llego arriba tomó la decisión de acabar con su vida, pero antes con la de la humanidad, ellos no se merecían seguir viviendo, por su culpa el mundo se estaba reduciendo a escombros.

Una vez en lo alto del gran monte, extendió su manto negro y a su paso la gente caía al suelo, dormida; una vez todo el mundo dormía, se lanzó ella al vacío, sabiendo que con su muerte, nunca más nadie despertaría.

Melodi Rodríguez Luque
España

A qué huele la muerte.

Postrada en una silla sin movilidad alguna observo la pantalla que ilumina la oscuridad de mis ojos, esos mismos ojos vacuos que una vez visualizaron el dolor de una batalla perdida. Yo, aprendiz de guerrera; ellos, guerreros con experiencia. Por aquél entonces no supe defenderme, no estaba preparada. La vida no te enseña con antelación estrategias para resolver problemas, sólo deja que caigas innumerables veces para levantarte en cada una de ellas y aprender a través de esas experiencias. Lloras. Gritas. Huyes. Te encierras en ti misma y resurges. Yo nunca me levanté, me hundí en lo más profundo del olvido atrapada por esa sensación de vacío que mi propia mente creaba como castigo. En ese abismo de amargura sin sentimientos de los que poder alimentarme caí abatida y morí. Ahora muerta en vida camino sin rumbo, sin esperanza. Me desplazo con desazón en una burbuja de humo producida por ese cigarrillo a medio acabar en el cenicero. Impregnada por el olor a ceniza mezclo mi esencia con desamparo y soledad, con olvido y melancolía, con suplicio y paz. Hoy, condenada a vagar con este hedor anodino, cuento con ansia los días que faltan para desintegrar el material del que estoy hecha y así completar la fase de esta muerte de la que soy prisionera, pues ni siento ni padezco, sólo soy un bulto más al que enterrar.

Más allá.

Más allá de la concepción que podáis tener sobre mí, más allá de la indiferencia que represente en vuestros pequeños sesos, no voy a claudicar porque me gusta ser así, diferente, única. Mi locura os acongoja.

Causo estragos en vuestras estúpidas mentes. Os reís de mis fantasías cuasirreales. Ignoráis mis raudos consejos, porque proceden de una excéntrica. La diferencia os aterra y optáis por comer de vuestra propia basura. Mientras sofocáis el hambre con una sopa de palabras efímeras y la sed con húmedos besos, los actos sin lucro quedan olvidados en un cenicero medio roto. Yo seré egocéntrica, no tendré sentido de la coherencia y a veces rozaré lo absurdo, pero tengo suficiente independencia emocional como para no reírme de eso que os hace ser tan vulnerables, vuestra ignorancia. Preparáis el camino para ser eternos olvidando la esencia y creyendo en algo que nadie ha visto; tantos esfuerzos, tanta falsedad, tanto sufrimiento para llegar al mismo fin que yo, el olvido. Adoro lo que puedo sentir; la brisa en mis mejillas. La arena en mis pies. El calor de una chimenea. La lluvia en mi ropa. El mar en mis huesos. El sol abrasando mi cuerpo. Una simple caricia que activa mi libido. Vosotros, adoráis aquello que no podéis sentir, falacias que no voy a mencionar. Pensaréis que estoy inmersa en un trastorno y quizás tengáis razón, prefiero vivir en una burbuja de realidad que en un océano ficticio ¿Os gusta vivir en una mentira? Pues nadad más profundo, tan profundo que no podáis percibir la claridad, yo seguiré en mi burbuja alcanzando la superficie para sentir el aire que me hace respirar.

Cuando presientes que todo acaba.

Vives con la constancia de que tu vida será corta. Entre risas efímeras escondes tu futuro próximo que a nadie le gustaría oír pero que sin embargo, tú, no puedes huir de su presencia. Comienzas a ser feliz porque presientes que muy pronto la claridad se teñirá de negro. Sabes que ésta es tu última oportunidad para dejar un recuerdo hedonista en todos ellos y borras cualquier lágrima que haya podido caer por tus mejillas tiempo atrás.

Hoy olvidas por qué permaneciste durante tanto tiempo en las tinieblas de tus lamentos, ni tan siquiera puedes explicar este cambio tan brusco de actitud. Te preguntas por qué tu corazón se acelera cada vez que te duchas, cada vez que sales a la calle, que te acuestas, que coges el coche y penetras en una selva de leones que van a cuatro ruedas. Inquietud, tu nuevo amante que despojó a la soledad de su trono, que echó de la cama al miedo, que venció al orgullo. Ahora tienes una nueva palabra que ocupa cada terminación nerviosa de tus neuronas la cuál te produce un tremendo insomnio, la odias.

Pasan los días y tu felicidad se consume. Parece que te has convertido en un ser catatónico, sin motivación. Sólo esperas sentado en ese frío camastro a que tu preocupación se convierta en realidad, pero ese día nunca llega. Tu desasosiego aumenta junto con tu deterioro físico, ¿qué te está pasando? Te cuidas cada vez más pero tu cuerpo ha decidido consumirse como un cigarrillo que espera en el cenicero. Ya no tienes don de la palabra. Tu intelecto también se está viendo afectado. En serio, me tienes preocupada ¿qué ronda por tu mente que te tiene tan ensimismado? No contestas. Estás ahí, quieto, mirando la nada. No pareces triste, sólo ausente. Te levantas sin hacer el más mínimo ruido y te reflejas en el espejo ¡Vaya, eras mi reflejo! Suspiro para luego sonreír. No se puede hacer nada contra una preocupación de algo que no existe, sólo esperar a que se haga realidad o desiste, porque cuando presientes que todo acaba tu vida deja de cobrar sentido.

Algún sitio, algún lugar.

He aquí mis pies, en la orilla, empapados por la espuma que consigue llegar hasta ellos, iluminada por la luna y las estrellas que dibujan sombras en mi cuerpo, que dibujan mi alma. He aquí acompañada por la brisa marina, un cuaderno y un lápiz medio usado que utilizo para escribirte a pesar de no saber si existes; aún no te he conocido, pero confío en que esta botella de cristal que arrojaré al mar resista las duras olas y llegue a tu destino.

He paseado incansablemente en tu búsqueda. He recorrido asfaltos, tierras verdes, suelos arenosos y no te encontré. Sé que estás en algún sitio, en algún lugar que escapa a mi entender, que quizás pasó desapercibido y no supe apreciar.

Te veo todas las noches, siempre el mismo sueño, el mismo despertar, la sensación de que estás más cerca de lo que pienso pero no sé dónde buscar. Tu figura se va dilucidando en cada sueño en que apareces, más hermosa, más parsimoniosa, más colosal. Registro mis armarios, miro debajo de las mesas, recorro las calles, me pierdo en paisajes y no te encuentro ¿Dónde estás?

He agotado mis fuerzas. He olvidado disfrutar de todo lo que me rodeaba. Sólo sé pensar en ti, hablar de ti. He acabado perdiendo todo cuánto tenía, todo por ti, porque no eres producto de imaginación, lo sé.

Hoy, mi último sitio, mi último lugar, la playa. Aquí termino mi búsqueda incesante, la última oportunidad de poder encontrarte. Me levanto y sumerjo mis pies en las frías aguas sintiendo cada grano de arena que parecen masajear mis entrañas. Miro el cielo negro y el brillo de las estrellas iluminan mis pupilas. Contemplo la gran luna llena reflejada en el mar, un gran círculo amarillo que me transmite paz. Cierro los ojos, respiro profundamente y te siento. Silencio. Serenidad. Armonía. Esperanza, en definitiva, felicidad. ¡Al fin te encontré! Tanto tiempo buscándote que olvidé lo más importante, escucharte. Sólo necesitaba callar y sentir en algún sitio, algún lugar.

Demasiado tarde.

La quise tanto que cuando ya no estaba en mi vida olvidé todo lo que forjamos. Olvidé esa felicidad que le prometí antes de marcharse, olvidé amar, olvidé la comida y me ahogué entre botellas amargas, olvidé ser padre.

Copa en mano, cada noche emborrachaba a mis neuronas de alcohol y vinagre para olvidar, para borrar de mi memoria todos los recuerdos bellos en los que salía ella, para borrar las sonrisas de mi pasado, los llantos de mi presente. Envuelto en una oscuridad abrumadora me desmayaba ebrio de todo el veneno que corría por mis venas. Como cada mañana sonaba el timbre, me despertaba de mis sueños y yo reacio a cualquier estímulo permanecía vacuo en aquel suelo encharcado por mis lágrimas esperando que dejara de sonar. Se hacía el silencio de nuevo y comenzaba esos afónicos llantos en mi cabeza, horas y horas de gritos que no cesaban, que no dejaban que volviera a caer mi cuerpo inerte al frío mármol de mi habitación.

Pasaron días e incluso meses. El timbre dejó de sonar, desaparecieron los llantos y comencé a reaccionar. Le prometí ser feliz, le prometí que cuidaría de nuestros hijos y ni siquiera he sido capaz de cumplir la promesa que le hice a mi esposa. Me levanté eufórico. Lancé la botella por la ventana y salí de mi guarida como alma que llevaba el diablo, pero ¿dónde estoy? No estaba en casa. Me acerqué a una mujer con bata blanca que parecía ser una enfermera y le pregunté:

— ¿Qué hago aquí? ¿Dónde están mis hijos?

—Al fin has vuelto con nosotros—.Contestó.

No comprendía lo que ocurría. Aquella joven llamó a seguridad y me sentaron enfrente de ellos. En ese instante comenzó mi descenso a los infiernos.

— ¿No recuerdas nada? —Me preguntaron.

—Sólo el sonido del timbre y un llanto incesante en mi cabeza que dejó de sonar hoy—.Contesté asustado.

—No abrías la puerta y sus vecinos se vieron obligados a llamar a la policía debido a los llantos continuos que provenían de su casa y el mal olor tedioso.

—Entonces, ¿todo aquello no era producto de mi imaginación? —Pregunté anonadado.

—No, lo sentimos mucho—.Me respondió el doctor con voz rota.

— ¿De quién eran esos llantos? ¿Mal olor?

—Encontramos sin vida a su hijo menor en la cuna por falta de cuidados, junto con su hijo mayor que yacía en la cama producto de pastillas antidepresivas—.Me contestó el policía apáticamente.

En ese momento mi vida acabó. Preferí lamentarme y olvidé mi deber como padre. Borré mis recuerdos de forma tan contundente que me deshice de lo que construimos juntos, lo único que me quedaba de ella, mis hijos. Fui egoísta y me sentenciaron a cadena perpetua, a pasar toda mi vida encerrado en este abismo del que ni la muerte me librará pues permaneceré para siempre en el limbo.

Dejé pasar tanto tiempo que cuando quise reaccionar ya era demasiado tarde. Me llevé a la oscuridad a mi propia familia. Ahora sí tengo motivos para morir de pena.

Siete más uno son cuatro.

Era una noche invernal. Un apagón había dejado a todo el barrio en completa oscuridad y el frío comenzaba a invadir el suelo de mi hogar, así que prendí un par leños en la chimenea. La habitación adoptó un color anaranjado mientras el sofá lucía un tono rojizo que se proyecta-

ba en la pared. A pesar del ambiente tan caldeado mi piel seguía eriza-
da, tenía la sensación de que siete ojos me observaban. No paraba de
dar vueltas por aquellos doce metros cuadrados. Impulsada por el nerviosismo cogí un paquete de cigarrillos que se dejaba entrever en el
bolsillo de aquella chaqueta de hombre; me temblaba el pulso y encendí
el pitillo como pude mientras el gato rozaba mi pierna rogando mis
caricias. Me senté en el sofá mirando el fuego totalmente absorta. Mi
querido amigo se subió a mis piernas y comencé a acariciarlo lentamente. Ronroneaba. ¡Era tan suave! Pronto dejó de agradecerme las caricias. Parecía inquieto. Dejó de moverse. Dejó de respirar. Perturbada
me levanté y corrí hacia la cocina, uff... Casi resbalo al pisar algo gelati-
noso, supuse que sería la pelota de Mishi. No visualizaba nada entre
aquellas cuatro paredes, sólo una espesa negrura irrumpía el alicatado.
Me puse a buscar la linterna en los cajones de la encimera iluminada tan
sólo por mi octavo cigarrillo. Dirigí la luz al suelo y... ¡Sangre! Seguí el
rastro con el foco hasta que di con el objeto en discordia. Seguidamen-
te tenía un ojo medio reventado mirándome fijamente en mi mano
izquierda.

— ¡Lo encontré! —Exclamé exaltada. Lo había estado buscando
durante dos días.

Llena de satisfacción y tranquilidad fui al comedor. Encendí un par
de velas en la mesa y saludé a mis cuatro comensales que llevaban espe-
rándome más de tres noches. Me senté de anfitriona y di comienzo a la
cena, eso sí, después de colocar el ojo en la cuenca de mi padre.

Ernesto Arribas Torres
México

Prohibido Fumar.

Cuando al fin hicieron entrar al sentido común en una caja de cerillos, la melancolía les devolvió las ganas de fumar.

Cuento Kafkiano para lavar el auto un domingo en la mañana.

Despertó, salió al garaje cubeta en mano; lo encontró así, convertido en un Escarabajo.

Tinta China.

Me ardía la espalda, el pecho, el cuello. Podía sentir cada surco recién labrado, el desquiciante sonido de las uñas rasgándome la piel. La sentí subir, montarse sobre mí, la caricia de sus manos aplicando un líquido frío en las heridas abiertas. Abrí apenas los ojos para ver el frasco de vidrio sobre el buró. Después, de nuevo pasos —ahora calzados—. La puerta rechinó primero brusca y luego lenta, desgarradoramente lenta al cerrarse. Supe que no la vería más. Dejó sólo el aroma en la memoria; y en la espalda, trazos de mujer tatuados con tinta china.

Exilio.

No, no ha sido una vida fácil: soportar tantos años de exilio defendiendo la rampante gallardía. ¿Y todo para qué? Para que ahora lo exhiban en los medios así: desparramado al sol, con la melena crecida y descuidada, perennemente adormilado, obeso, en compañía de ese harén más propio de un turbulento despertar en Niza o Saint-Tropez.

Pero lo peor, sin duda, empezó cuando dejó de percibir francotiradores entre el follaje. Los tiempos cambian, las democracias se instauran con la ley de la selva: la bestia grande se come a la pequeña. Y así despertó un mañana, acosado por un safari de furtivos cineastas con la única intención de captarlo en plena cópula con fines didácticos... ¡escándalo!

¿Y ahora?

Nada, no queda nada de su heráldica estampa de otros tiempos. Ni la nobleza de su estirpe ni ya digamos, su fama de antropófago. Acaso la nostalgia de los mejores días, cuando al menos los artistas lo sacaban de perfil para ocultar el ligero estrabismo, tan propio de algunas casas reales. Y lo demás: melancólica tristeza. Por eso el león, rey de la selva, exiliado en la pradera, se auto postula para la extinción.

William Daniel Teixeira Correa
Uruguay

Una visita inesperada.

Cada vez que recuerdo esa navidad la conciencia me remuerde y la culpa me embarga. Era ya plena madrugada cuando unos ruidos extraños en la sala de estar me despertaron. Mi esposa y mis hijos, por suerte, no advirtieron nada y continuaron durmiendo plácidamente. Preocupado y asustado, tomé mi revólver y bajé enseguida las escaleras. Una vez abajo, encendí la luz y vi a un extraño sosteniendo amenazante una metralleta. Gobernado por el miedo, entrecerré los ojos y disparé. Han pasado ya varios años y desde entonces todas las navidades los niños del mundo me reclaman a mí sus regalos.

Absurdidad.

Me pasé la vida buscándole un sentido a la misma. Desde que lo encontré, mi vida ya no tiene sentido.

El dinosaurio (versión completa).

Cuando despertó, el dinosaurio todavía estaba allí. Pero no fue eso lo que lo espantó sino ver, junto al mismo, la temible figura del director del museo.

Inmadurez.

He decidido despedir a mi escritor fantasma. Según el descarado, no le pago lo suficiente. También dice que, de no ser por él, jamás habría visto mi nombre entre los finalistas de ese concurso en España y que, si no ha hecho más por mí, es porque no ha querido, por ser yo un miserable. No sé a quién pretende engañar con semejante pretexto. Como si en nuestro contrato no estuviera claramente estipulado que la mitad de las ganancias obtenidas le corresponderían. Si no hemos tenido mayores logros en todos estos años es por causa de su ineptitud como escritor. No es más que un escritor mediocre, un remedo de escritor, un escritor frustrado.

Quizás algún día madure lo suficiente y pueda asumirlo, al igual que lo hice yo.

El despistado.

Hace instantes mi esposa salió de casa toda de negro y con un velo que ocultaba su rostro. Ignoro el motivo. Sólo sé que me he quedado solo, sin tener a quien contarle que, leyendo el obituario en el periódico, acabo de descubrir que hasta hace unas horas existía en el pueblo otra persona con mi mismo nombre.

Génesis literaria.

Tras leer los papiros, el novel editor dijo al novel escritor:

—Mire, amigo, voy a ser sincero con usted: su obra me parece buena. El problema es que la hallo demasiado truculenta. Contiene sexo y violencia excesivos. De publicarla así como está, corremos el riesgo de que sea censurada. No obstante, con algunos retoques, pienso que podría resultar todo un éxito. A propósito, ¿cuál será el título?

—La Biblia.

María Alicia Camino
Argentina

Hic et nunc.

Pensó que si tuviera que elegir una mañana perfecta sería esa: despertarse y ver como cae la nieve frente al Central Park y advertir que los árboles antes castaños van abrigándose con un manto de blanco bruñido; y saber, por sobre todo saber, que él sigue allí, durmiendo y que no va a despertarse porque ya está acostumbrado a ver caer la nieve frente al Central Park.

Desobediencia.

—No me mires— susurró ella.
— ¿Por qué? — preguntó él.
—Porque vas a enamorarte y esa no es mi ley— explicó ella.
Entonces él le tomó el rostro y fijó sus ojos en los de ella. Pagó la desobediencia conjeturando encuentros y confirmando distancias hasta el fin de los días.

La gota circular.

La gota no duerme, pende, se resiste, cae, muere, renace, reanuda el ciclo y vuelve a caer. En el silencio de la noche sabrás de la vitalidad perpetua de una gota.

La vida es sueño y los sueños, sueños son.

Soñó que eran cuatro los hombres. Despertó al alba y en ese breve período hipnótico que sucede al sueño, intentó retener los pormenores. Al atardecer, solo le quedaban fragmentos; sin embargo supo que el primero y el segundo eran los hijos; que el tercero era el padre y el cuarto el amante. Entonces comprendió que ya no había lugar para él.

Aníbal Cornejo Manríquez
Chile

Habitación 14.

Entre parpadeo y parpadeo recorría sin mayor entusiasmo el entorno, contemplando desteñidos e impávidos muros. Aún conservaban pequeños vestigios del color blanco invierno original, y su manifiesta desnudez era desafiada por algo que atrajo su atención. Se acercó. La fotografía (blanco y negro), huésped antigua de un marco sin vidrio, a simple vista no muy fino, mostraba dos figuras femeninas o maniquíes (aunque sólo hasta mitad del tórax) semejantes a los usados por escultores o pintores. El aspecto: ni terroso o metálico, sino pétreo, hechas tal vez con trozos de aquella sustancia mineral dura y compacta, o cartón piedra, asimétricos, algunos blanquecinos, otros más o menos oscuros; cortados, sí, ex profeso para infundir mágica presencia al trabajo. Sus cabezas, ausentes de cabello o dueñas de algunas espurias mechas, hallábase cubiertas hasta casi media frente por finos velos negros, dándoles éstos cierto halo extraño, misterioso, diríase hasta sobrenatural. Acomodándose con evidente curiosidad sus lentes, de por si escurridizos, frente a los ya poco visibles jeroglíficos ubicados en el extremo inferior derecho del retrato, no sin gran esfuerzo sólo pudo descubrir apenas un nombre: Gertrudis. Pero algo comenzó a inquietar al viajero: la sorpresiva e inexplicable sensación vital transmitida por ambos rostros, expresivos al máximo, iba en vertiginoso aumento. Imposible resistirse. Sí, además hubiese jurado que aquella mujer enigmática que miraba de perfil, había hecho recién un fugaz movimiento labial. Fue entonces cuando su compañera, ya en abierto reto al encierro eterno, observándole fijo desde aquellos hermosos ojos negros, pronunció las tres palabras: "Ven por favor".

Una absoluta falta de luz le hizo apoyarse en ellas instintivamente. "Gracias por atender nuestro llamado", murmuró esa cálida voz junto a su oído izquierdo. Estamos acostumbradas a que el común de los pasajeros de la habitación 14 nos ignore, y así nuestro tiempo transcurre demasiado lento y tedioso. Ni lo imaginas". La del costado derecho intervino feliz: "¡Pero contigo aquí, ahora todo es diferente, no importa cuánto dure!" Cogérosle de ambas manos con suma delicadeza. Sintió flaquear sus piernas al tiempo que el temblor inicial sacudía ahora su cuerpo con extrema violencia. Cuando despertó se hallaba en similar postura. Le sostenían suave, aunque firme, por la cintura. Pudo sentir unos largos dedos demasiado fríos, ásperos "¡No te preocupes!", previnieron a su diestra, "aunque traumática, resulta absolutamente normal tu reacción. Es un drástico cambio de vida...luego te habituarás y, quién sabe si hasta nos extrañes al irte".

— ¿Quién...quiénes...quienes son...son ustedes?, ¿Don...dónde estoy? — Tartamudeó. La voz cantarina se hizo presente otra vez contestando orgullosa: "Nuestra madre, que en paz descanse, Gertrudis de Moses, hace ya varias décadas nos puso Hermanas de piedra. Somos una de las tantas creaciones de la maestra ¡Si me parece verla con su Leica35 mm y su Rolleiflex formato medio! Extraordinaria artista del surrealismo fotográfico al que contribuyó creando también ilusiones en papel, ¿cierto hermana?" Hubo respuesta inmediata y plena de emoción: "Sí...era...era además gran persona, luchadora, valiente...Huir de la Alemania nazi, perder al primogénito y después al esposo no fue algo menor. En fin, tenemos bastante tiempo por delante para contarte más sobre ella, ahora que tú...". Les interrumpió al límite de otro seguro desmayo:

— ¿Dijiste Gertrudis?...Ese...ese nombre aparecía en el... ¡Imposible!, ustedes...ustedes son...son...—. Cuando sus palabras se hicieron ya susurro absoluto, la más esbelta dijo: "Bueno, no es por conformarte, pero a todos los anteriores les ha ocurrido igual. Entendemos, debe ser muy difícil convencerte que, de súbito, como por encanto, estás aquí, en medio del retrato, en su espacio oscuro, compartiendo el encierro con nosotras. Sin embargo, no sabes cuanta alegría significa para ambas el contacto físico y verbal con alguien, aunque sea por algunas semanas, meses, en fin...nada es eterno. Regresarás a tu mundo sólo cuando seas reemplazado por otra persona, también curiosa y sensible, que se aproxime a examinarnos. Así de simple. El último visitante, inolvidable, estuvo acompañándonos exactamente 67 días…todo un record, aunque igual se pasaron volando ¿Recuerdas hermana al escritor?" Luego de su espontánea carcajada la aludida respondió: "Por supuesto, entretenidísimas sus narraciones. A propósito, ojala sean meros rumores lo que nos contó antes de marcharse respecto a una próxima e inminente demolición del hotel ¿Y tú, amigo, dinos, a qué te dedicas?"

Un niño muy especial.

Hizo añicos aquel nuevo informe, lanzándolo con furia de día viernes por la tarde al papelero metálico ya resignado a la buena puntería del hombre cara de bulldog. Sus gritos estremecieron la oficina:
— ¡Cómo es posible, carajo!, han asesinado a más de diez personas en distintos puntos de la capital este último mes y aún no encuentran pistas concretas respecto del demente que anda suelto—. El erizado cabello y la transpiración inagotable de ese rostro mofletudo advertían, sin duda, un fin de jornada bastante "difícil". Sólo el monótono lamento del antiguo ventilador acompañaba cual música de fondo aquellas frenéticas palabras. Dando un fuerte golpazo con su puño en la desprevenida carpeta negra que cubría el escritorio exclamó: — ¡Y sólo tenemos una maldita colección de cueros cabelludos, negros, rubios, colorines, hallados en lugares increíbles! ¿Y los cuerpos ah? —. Fernández, con su acostumbrado ceceo, no tardó en contestar: — Señor…algunos testigos dicen haber visto a un…—. El Comisario interrumpió irónico: — ¡Sí, el famoso "niño de grandes ojos café"!, como lo llama ahora la prensa, y seguramente nos puede llevar al paradero de las víctimas y de sus hechotes, ¿cierto? ¿Sabes cuántos miles de muchachitos reúnen tan "especiales" características? — Poniendo en pie no sin bastante esfuerzo su voluminosa humanidad, intentó aflojar otra vez el rebelde nudo de la corbata color mostaza, al tiempo que se aproximaba amenazante. El fuerte olor a tabaco y caries acompañaron aquella orden breve, pero contundente: — ¡Necesito resultados en cuarenta y ocho horas! —

El extenuado Inspector Fernández descendió del taxi frente a su domicilio. Cabizbajo, chaqueta al hombro, ingresó al edificio. El ascensor abría las puertas con cierta dificultad, cuando un joven matrimonio y su hijo de no más de diez años entraron antes que él. La antigua máquina ascendía con lentitud, rezongando piso tras piso. De pronto, una inexplicable y extraña sensación de peligro le obligó a volverse instintivamente hacia ellos. Demasiado tarde. Horrorizado, sólo pudo ver aquella boca infernal abriéndose como una inmensa y oscura caverna.

La temperatura hacía augurar caluroso el día domingo. Contadas personas transitaban a esas tempranas horas por el solitario parque. La pareja tomó asiento en uno de los bancos, mientras el niño, gimoteando como nunca, dijo:

— ¡Papá, mamá!, estoy muy aburrido y otra vez tengo mucha hambre, hum…sí, mucha—. El sujeto, mirando fijo a la agotada mujer exclamó con voz metálica:

—Nunca imaginé que adoptar apariencias humanas fatigara de esta forma y menos que a Zcripts le provocaría, además, un aumento en su desenfrenado apetito. ¡Prometido!, las próximas vacaciones iremos a otro planeta—.

— ¡Y ojalá sean calvos todos sus habitantes!, ¿cierto mi amor? —, exclamó ella abrazando al pequeño, cuyos grandes ojos café, ahora muy atentos, no perdían de vista al zigzagueante vagabundo que venía hacia ellos.

Aída Roisman
Argentina

Al revés.

Tengo un comportamiento extraño y es hacer las cosas de atrás para adelante. Según los tratados de psicología este proceder deriva de una gran ansiedad. Emprendo la lectura de libros, revistas, desde la página final, no es muy singular, dirán ustedes, hay mucha gente que lo hace, pero lo asombroso es que me acuesto antes de levantarme, me seco el cuerpo antes de bañarme, fumo un cigarrillo antes de hacer el amor, escucho la radio antes de encenderla, llego antes de partir y la fecha terminal de mi agenda es, por supuesto, el 1° de enero del 2010. Estas acciones puntualizadas se han convertido en hábitos y las realizo cómodamente. Lo difícil fue al comienzo, hace... (No quiero decir mi edad) me suicidé el día de mi nacimiento. Lo logré sólo en parte, pues voy muriendo lento, día a día. Sin embargo soy feliz, espero nacer en mi postrera jornada.

...escribir...

Aquella santa madre y poeta declaró ante el comisario que consideraba su trabajo hueco, los chicos, el marido, la comida, la ropa, la falta de dinero y sin tiempo para escribir y otra vez los chicos, el marido, la comida, la ropa, la falta de dinero y sin tiempo para escribir... Y agregó poéticamente "entonces enterré el delantal vencido de rutinas, oscurecí mi mano silenciosa en el tarro del combustible y quemé la fidelidad de mi cuerpo. Saldría a sembrar una larga y roja fama de prostituta por todo el pueblo, un poco de diversión a mi corazón, algo de dinero, una empleada para los quehaceres y por fin en paz y a escribir".

El agente que la acompañaba a la celda pensaba: una buena madre, que habla tan lindo, no puede hacerse puta de un día para el otro.

Amigas íntimas.

Juana nerviosa, con el poco dinero que le quedaba y en mitad de la calle, esquivaba los autos. Era urgente y el taxi no llegaba. El mensaje del celular no dejaba dudas "Voy a suicidarme". Amigas íntimas, siempre juntas en toda fiesta y velorio, juntas al baño, las que se abrazan y besan con naturalidad, las que cruzan miradas cómplices, impenetrables para el resto.

"Voy a suicidarme". Enamorada de un chico más joven que ella y acostumbrada a conseguir lo que deseaba, planificó estrategias, pero el objeto deseado, las rechazó "Voy a suicidarme". Juana siempre atendió éste y otros constantes reclamos de su amiga, solícitamente. Las diferencias entre ambas eran notables, una deslumbrante, bella perteneciente a una elite social, la otra, simplemente Juana, oscura y pobre. Con su último billete de veinte pesos pagó el taxi. Llegó sin aliento a la mansión, la mucama la condujo al gran salón. Debía persuadirla de que no se suicidara. Entró desesperada. Su amiga recostada en el sillón blanco, con el rostro radiante, entre bebidas, cigarrillos, ambiente insinuante, luz tenue, exclamó señalándola y con una carcajada "es ella, Juana, a quien le mandé el mensaje, te la presento".

Juana lo miró al nuevo "te lo presento" y con un "hola que tal" de llegada, abandonó la residencia. Le quedaban dos pesos con veinte, para volver.

Sin ninguna explicación.

Nunca sabes si llamarla o no. La conociste hace años en un viaje en tren y en un momento de confusión con tu mujer. Algo que parecía amor estalló aquella noche sobre los rieles; y tus días desembocaron en una convivencia difusa e incómoda de cónyuge y amante. Tres sombras cumplían sus roles en el triángulo. Nadie se preguntaba por la peculiaridad de estos vínculos. La situación se definió cuando la madre de tus hijos reaccionó con aquello de "mal parido y no te da vergüenza…"

Dejaste de ver a la "otra" sin ninguna explicación. Ahora duermes bajo el techo de tu esposa y sobre la cama de tu esposa, pero el muro ha crecido de tal manera que tienes la sangre indefinidamente vacía.

¡Ya basta! Voy a llamarla sin falta hoy, y decirle…y que le puedo decir después de ocho años.

Famosos.

He querido suicidarme ampulosamente, con cámaras de televisión, periodistas y la presencia del barrio. Mi persona está pasando inadvertida por este mundo. La única posibilidad que tengo de ser "alguien" es inventar una muerte con algo de publicidad. He comentado, por todos los medios a mi alcance, mi plan y he fijado día y hora.

Subí esperanzado a la terraza del edificio y miré hacia abajo. Cuatro hombres desconocidos, con uniforme de bomberos, sosteniendo una red, me gritan, -si se va a tirar, tírese de una vez, no tenemos tiempo para usted, hay un montón de incendios en la zona-. Y como no trajeron las filmadoras, ni hay noticieros ni siquiera gente conocida, decido bajar estos ocho pisos a pie, porque aparte de no poder lograr la fama que tanto deseo, tampoco funciona el ascensor.

El príncipe feliz.

Seguro es Bosie. Oscar había ordenado al conserje que Lord Alfred Douglas era la única persona que podía visitarlo sin aviso previo. Se miró al espejo, estaba gordo y fofo, cerca de los cuarenta y el joven a quien se le oía ya los pasos, el gran amor de su vida, tenía apenas veintiún años y una singular belleza

Lo esperaba vehemente, soñaba con repetir incansablemente esos juegos prohibidos que engalanan al amor. Bosie entró calmo, sin el menor entusiasmo. Expresaba más bien un aire de compromiso con el personaje famoso, que estorbaba su humana juventud.

Se acomodó en el sillón, Oscar lo abrazó con pasión y lo besó—debo irme, tengo una cena familiar y no puedo faltar, —dijo el joven empujándolo suavemente. El escritor palideció, había esperado demasiado este encuentro, horas y horas dando vueltas en la habitación.

Tal vez fue, cuando el muchacho salió de la habitación, que Oscar Wilde, decidió tomar el vaso de whisky, sentarse en el escritorio y empezar a escribir "El príncipe feliz".

Ella, mi madre.

Decía mi madre: "Los difuntos escapan de las tumbas para cobrar las deudas, yo no seré nunca tu reclamante, cumpliste conmigo, vive en paz".

La enterramos hace ya diez años y día a día quebranta su promesa y me demanda y me ordena y se mete en mi cama y se mete en mi vida.

Harta, hace un año, en el noveno aniversario de su muerte, tomé un cuchillo de la cocina y se lo clavé justo en el corazón, cien veces. Nadie va preso por asesinar a un cadáver

¡Si pudiera estar libre, de Ella, de Ella, no de su cadáver!

¿Cuántas veces habrá que matar a un muerto para que muera definitivamente?

Aquellas noches.

Allí, en su hogar humilde, en el departamento de dos ambientes de sus veinte años, huérfano de amores, despertaba a media noche escuchando desde el dormitorio de sus padres cuerpos acoplándose, maderas y elásticos vibrando.

Hoy a los 80 años, esa madre es una anciana que vaga con su demencia senil por la casa. Se le acerca con caricias obscenas, con un dejo de lubricidad en los gestos ¿Busca al varón, busca a su esposo muerto, busca a su hijo?

Y él la imagina nuevamente debajo de su padre exhalando pequeños grititos cerrados.

Percibiendo un simulado gozo su cuerpo de hijo se estremece, se endurece, se extiende y la posee salvaje y sensual, como en aquellas noches. La memoria subsiste, depositada en esa bolsa de plástico, que nadie saca a la vereda, que nadie reconoce en público, que excita, que perturba, que sorprende.

El hijo se aleja y se alejan otros hijos de aquellas noches de amores y de ardores de los padres...seguramente en los varios sótanos de los deseos, habita todavía insistente aquel resto de pasión resentida.

La aparente poeta.

Un libro de poemas premiado es mucho, pero con éxito en ventas, es un verdadero milagro o una terrible desgracia. "Ningún lugar como" que así se titula, está en las librerías y la autora oficial es, mi querido lector, una tal Aída Roisman

Recuerdo el incidente. Estuve en el aeropuerto con las dos horas de antelación necesarias, con el texto original en la valija, viajando a la editorial "Último Reino" en Buenos Aires. Me senté al lado de una mujercita común, mayor, gordita, algo rubia y de lentes, y cuando desperté comprobé desesperado que la mencionada señora y la valija con el único original habían desaparecido.

Pero el psicólogo no me entiende, y le explico filosóficamente, que no me importa el robo, que no se trata tampoco de plagio, y que mi conflicto es conmigo, es no saber si estar orgulloso o no del premio de poesía y del éxito que obtiene la aparente poeta, la tal Aída Roisman.

Francisco Javier Larios
México

El parque.

La tarde fría de aquel martes el parque estaba casi solo. El hombre llegó a una de las bancas y se dejó caer apesadumbrado. Era imposible diferenciar su fracaso de su odio y desprecio por el mundo. Miró distraído las aves nadando sobre el agua sucia del pequeño lago. Lejos, sonaban los motores de algunos automóviles y la intermitente sirena de una ambulancia perdiéndose en el laberinto de la gris ciudad. Dos niños se acercaron sonrientes y gozosos a contemplar los patos. Mientras tanto, el hombre palpaba sigiloso el revólver que ocultaba en su abrigo.

La palabra.

A esa palabra le dio por sentirse diferente. Se le subieron los humos a la cabeza y se creyó aristocrática. Veía a sus compañeras por encima del hombro, despreciándolas por corrientes. Llegó a tanto su soberbia que se enfrentó al poeta para exigirle el lugar de honor que le correspondía en el texto. Él pidió que tuviera paciencia que buscaría dónde colocarla de acuerdo a sus cualidades y atributos. Ante la impaciencia y viendo que el poeta no tenía para cuándo decidirse, la palabra saltó del texto y se fue a buscar quien supiera usarla.

Concierto entre dos voces y un vacío.

Te quedas inmóvil, pensativa y estática mirando hacia el ventanal con esa, tu siempre mirada de terciopelo glauco, como si después de estar contemplando la inmensidad del mar su color se te hubiera incrustado en tus grandes ojos picasianos. Es tu mirada tan insistente, tan callada y sombría como si presintieras que por ese ventanal fuera a llegar la muerte, un poco tarde, pero segura de que llegará a pesar de todo lo que proyectes, sueñes o pretendas hacer para evitarlo. Entonces te estremece un ligero escalofrío y quisieras decirme algo, pero te quedas en el intento y sólo aciertas a cubrirte un poco más con las sábanas aún tibias dejando escapar un leve suspiro no sé si de desesperanza o de premonición inconclusa. Y yo te digo que no, que para qué…si al fin y al cabo todo pasará y volverá a ser como antes. Mientras tanto y al mismo tiempo de un lugar impreciso surgen las notas de un tango gardeliano que envuelve al espacio de una atmósfera esperanzada y optimista… "era para mí la vida entera, como un sol de primavera, mi esperanza y mi pasión…" Y tú sigues mirando por la ventana algo misterioso o que únicamente tus ojos logran ver y estás como si escucharas y no escucharas o como si no quisieras escuchar al tiempo con su mensaje de certezas, cuando sopla en tu oído una verdad paradójica pero irrebatible: temprano se hace tarde. Y ante tu mirada de oscurecida espera, el ventanal se va reduciendo poco a poco y desesperadamente lento, hasta quedar figurando el recuadro-mirilla de una cámara fotográfica; mientras desde lo lejos, el tango arremete de nuevo "…sabías que en el mundo no cabía, toda la humilde alegría de mi pobre corazón…" Para entonces tú ya no estás allí, únicamente tu cuerpo, que ha quedado en el más completo de los abandonos, navegando a la deriva y acariciado sensualmente por las notas de ese tango quejumbroso y tristón por donde pareces asomarte a un mundo prehistóricamente lejano, que sin embargo, apenas pertenece a un pasado inmediato. Luego logras cerrar los ojos, adormecerte y perderte para siempre en las penumbras de la subconsciencia, donde la realidad se vuelve sueño y los sueños siguen siendo sueños. Aunque mañana al despertar, ya no recuerdes nada, absolutamente nada y ahora solamente puedas parpadear un poco para situarte oblicua a la mirada, a ese contemplar pasivo de los ojos para volver a percibir mi voz ante el recuerdo o los fantasmas que se descubren en un fulgor curiosamente expresivo de tus ojos ahora rembranianos. Yo vuelvo a negar sin mucha convicción y te digo que no, que para qué, si al fin y al cabo todo pasará y volverá a ser como antes. Como cuando salías a la calle con tu larga bufanda gris colgándote del cuello y tu pelo negro cuidadosamente peinado bajo la nuca y tu boca se abría para exhalar un denso vapor invernal que impregnaba la fina y tersa epidermis de tu rostro. Pero pierdes la atención para escuchar de nuevo "...ahora, cuesta abajo en mi rodada, las ilusiones pasadas ya no las puedo olvidar..." cómo esa letra de tango parece adivinarte el pensamiento, hasta hacerte maldecir entre dientes cuando las primeras y tímidas luces del amanecer hacen su arribo por el ventanal que ya no quieres mirar al diluirse la música y yo vuelvo a repetir que no, que para qué, si al fin y al cabo todo pasará y volverá a ...¡Trraakkk! Ya para entonces estás profundamente dormida mientras la música también agoniza simultáneamente dándose por vencida después de tantos inútiles lamentos "...sueño con el pasado que añoro, el tiempo viejo que lloro y que nunca volverá".

Apuestas al olvido.

Para Don Luis Gustavo Franco+, Luis Ortiz Arias+,
y Héctor Canales
Quienes supieron del origen de estos añejos textos.
"La memoria es traidora y a veces nos invierte el orden de los hechos o nos lleva a una bahía oscura en donde no sucede nada".
E. Garro.

Sólo recordaba el aroma lejano de una loción barata. Lo demás era impreciso, informe y nebuloso. Es de asombrar la forma en que funcionan los mecanismos del recuerdo y del olvido. Nadie sabe a ciencia cierta el momento, ni las causas que provocan la aparición o el surgimiento de los fantasmas del pasado. En el caso de Martín—quien ya tenía cinco años viviendo en Tiripetío, un pequeño pueblo en el centro de Michoacán—ese fantasma había tomado la frágil y volátil forma de una loción corriente y barata. Algo más peligroso que un inofensivo aroma lo perseguía desde un pasado que él creía ya lejano y al que no podía acceder sin verdadero esfuerzo. Se sentía seriamente amenazado. Una fuerza maligna e incorpórea parecía extender sus largas garras desde un lugar ignoto para aprisionarlo y destruirlo. Esa fuerza extraña que lo mantenía inmóvil y pensativo en una desvencijada silla y sin más deseos que el de traspasar la puerta que lleva a la reconstrucción del pasado como esa ventana breve que tiene frente a sí y que lleva al patio del fondo.

Ese aroma le sugirió la silueta de una mujer apenas entrevista y poco a poco se fueron acentuando claramente las formas femeninas desde algún rincón semioculto de la memoria del hombre que realiza un esfuerzo para rememorar lo que pudiera parecer un sueño. Tal vez la mujer se llamara María Eugenia. Hermosa, no demasiado joven, sin embargo su sonrisa contagia una grata simpatía. Piel trigueña, cabellos cortos y castaños, nariz afilada, delgados labios igual que su cuerpo estremecido y breve. Tienen sus ojos cafés, un magnetismo animal irresistible que cautiva a quienes-igual que Martín- se acercan incautos a sus reinos u osados se asoman a sus fascinantes profundidades.

El tiempo erosiona la memoria y la desgasta igual que a los pétreos acantilados, la furia arrasadora y persistente del mar. Por entre la penumbra espesa del recuerdo este hombre busca desesperadamente rescatar cualquier dato que le ayude a reconstruir su pasado y terminar con esa incómoda zozobra. Mejor la dolorosa certeza que la duda, mejor el incómodo recuerdo que el insoportable olvido. Y todo es preferible a los remordimientos. Entonces el hombre intenta reconstruir el timbre de su voz y empieza a notar que no la ubica, que ese murmullo es como un canto suave, sutil, como una caricia tímida y como el volar del colibrí, apenas perceptible. Pero no logra reconstruirla exactamente. Pues todo recuerdo es en gran medida una reconstrucción del pasado con elementos heterogéneos que nos proporciona el presente. Y se pregunta a sí mismo con desconcierto ¿cómo era su voz, Dios mío, cómo era su voz? Tal vez no fuera más que un susurro semiapagado, casi lastimero, como la de quien teme encontrarse con una desgracia mayor a la recién sufrida. Sí, era la voz de una mujer enamorada, que suplicaba no ser llevada al abandono ni al olvido. Ella, que creía ingenuamente en el amor, como en un milagro que se repite diariamente en cualquier lugar del mundo. La bella mujer sueña el amor, mientras un ave pasa descolgando en sus hombros desnudos, la tristeza infinita y deja en su frágil corazón el insoportable peso de la congoja.

Pero acaso fue amor aquella fuerza irresistible que los arrastró violentamente a cada uno en los brazos del otro, en aquél verano de lluvias torrenciales. Martín no está seguro de ello. Ignora si el deseo es una forma del amor que no perdura. Sin embargo, de algo está firmemente convencido: él no conoce ningún tipo de esclavitud, así sea el paraíso de una mujer enamorada y hermosa. Y no logra adaptarse a las costumbres de un animal doméstico. Nada ni nadie lo ha logrado esclavizar por mucho tiempo. No acepta cautiverios, ni siquiera el que produce las dulces cadenas del amor. Por eso es que tuvo que abandonarla, a pesar de sus ruegos y del terrible sufrimiento que ese acto les produjo a los dos.

Martín tiene la certeza de que la libertad es sumamente cara. Y cada separación le produce el más intenso de todos los dolores. Como ahora, que el fantasma de María Eugenia lo persigue furiosamente como un perro rabioso. Ese fantasma nunca convocado pero siempre presente, y que esta fatídica noche le produce un insomnio insoportable y le atormenta camuflado, bajo el engañoso disfraz de una loción barata.

A punto de empezar.

Si le hubiera dicho que la quiero. Si le hubiera confesado que desde que la conocí no he tenido momento de reposo, nada más de pensar en ella. Si tan siquiera hubiera tenido el valor de mirarla a los ojos y saludarla todos los días que nos encontrábamos al ir rumbo a mi trabajo.

Y vaya sorpresa que me he llevado. Quién iba a creerlo. Ella laborando precisamente aquí, en este hospital sombrío y deleznable. Cuando vino a prepararme para la intervención quirúrgica que me van a practicar, sentí que el corazón se me salía del pecho y creo que hasta las manos me sudaron de tanto nerviosismo. La verdad es que me porté como un verdadero estúpido, sin poder articular palabra alguna. Me quedé estático, de una sola pieza, solamente engolosinado, contemplando su figura. Ella parecía sonreírme como si de antemano supiera que con su sonrisa me regalaba además de un inusitado placer, el atisbo momentáneo de la salvación eterna. De este arrobamiento vino a sacarme el piquete de una aguja hipodérmica con la cual me han inyectado una sustancia extraña.

Pero ahora sí lo haré, en cuanto termine todo esto le diré todo lo que siento por ella y que estoy profundamente enamorado. Ahora tengo la certeza de que no le soy del todo indiferente y hasta creo que le interes más de lo que yo me imaginaba. Seguro de que en cuanto le platique de los planes que tengo para nuestro matrimonio hasta renunciara a este empleo, que no me parece de lo más agradable. A quién le va a gustar estar todo el tiempo limpiando heridas y porquerías, además de aguantar a enfermos quejosos, algunos al punto de la agonía e incluso soportar el verlos morir, en muchos casos.

Claro que sí, ya basta de cobardías, me voy a armar de valor y se lo diré de tal forma que no tendrá oportunidad de negarse. Creo que pronto podremos salir juntos a pasear. Es más, hoy es viernes, mi día de buena suerte. Lo único que me preocupa es este dolorcito en el pecho que no se me quiere quitar. A veces se va disminuyendo y parece que se me olvida pero hay ratos en que no me deja casi respirar. Nada más que me hago el fuerte para que ella no me lo note y vaya a creer que soy un miedoso cualquiera. Quién va a querer a alguien, que de cualquier cosa se queja. Además para una operación tan sencilla, no tiene uno por qué andar haciendo tanto teatro. Y aunque el doctor se ha negado a decirme cuál es exactamente mi problema, he podido adivinar en sus ojos y en el tono de la voz, que la cosa no es para tanto. Tengo confianza en que esto nada más es cuestión de tiempo. Algo así como un engorroso trámite burocrático…pero, nada más.

Ahí vienen ya por mí los camilleros, sé que ella estará en algún lugar de la sala de operaciones solícita y eso me da mucha confianza. En fin, que pase lo que tenga que pasar…

Mientras el paciente empieza a perder la conciencia bajo los soporíferos efectos de la anestesia, un breve diálogo se lleva a cabo entre el cirujano y su ayudante principal.

—Doctor, será una operación muy delicada ¿Cree usted que nuestro paciente resista?

—Su cuadro clínico es complejo, no sé de qué manera ha podido vivir con tamaño tumor. Pero lo peor del caso es su corazón que se encuentra sumamente debilitado. Por favor manténgase al pendiente chocando su presión y sus signos vitales.

El cirujano hizo un gesto significativo y con el entrecejo fruncido se concentró en los preparativos del instrumental. Los minutos pasan lentamente mientras todo el personal se prepara meticulosamente para la intervención. Después de algún tiempo en que han empezado la delicada operación, una mano cautelosa cierra subrepticiamente la alimentación de oxigeno al paciente mientras el equipo médico se afana en extirpar el tumor maligno. De pronto el cirujano encargado detecta que los signos del paciente están reduciéndose y urge a los auxiliares para que verifiquen que no se esté cometiendo un error, pero los acontecimientos se precipitan cuando el corazón del joven paciente deja de latir. Entre las acciones precipitadas nadie detecta una mano que vuelve a poner el suministro del oxigeno…

Después de todo, nadie—absolutamente nadie—sabrá explicar lo que realmente ha provocado la extraña muerte del intervenido, aunque en el expediente se asienta que su deteriorado organismo y las complicaciones de la riesgosa operación fueron las causas de su fallecimiento.

El crimen perfecto.

Aquel hombre había tenido una vida mediocre. Desde niño no le había pasado nada realmente memorable o trascendente. Ya de adulto no tuvo novias, amigos ni enemigos que le quitaran el sueño. Por supuesto tampoco se casó ni logró descendencia.

Un mal día, al intentar cruzar la ancha avenida, fue atropellado por un auto fantasma causándole la muerte. Su cuerpo, al no ser reclamado por pariente alguno, fue sepultado en la fosa común.

Como los malhechores consumados, pasó por la vida sin dejar pistas ni huellas acusatorias. Cometió el crimen perfecto: el olvido.

Puñaladas traperas.

Varias vecinas ya se lo habían contado: lo que primero fueron insinuaciones, se convirtieron posteriormente en declaraciones descaradas que lindaban en la burla. Pero siempre pensó que solamente eran chismes de vecindad, de mujeres ociosas envidiando el bienestar y la concordia de sus semejantes. En fin, personas que odian la felicidad de los otros. Lenguas viperinas. Acción de gentes que se la pasan espiando los hogares ajenos y descuidando los asuntos de la su propia vida. Aquellos que hasta llegan a quemar su casa, por ver arder la casa ajena. Pero fue tanta la insistencia y tan frecuentes los comentarios que la incluían en la mordacidad de las comadres, que ya no pudo ignorarlas con su olímpico desprecio. Luego, la curiosidad pudo más. Dejó de hacer "oídos sordos" a todas esas murmuraciones y empezó por poner atención en lo que los demás decían…

Tenían muchos años viviendo juntos, podríamos decir sin pizca de exageración, casi como "pareja perfecta". Desde entonces, ella le había visto algunas conductas un poco raras. Lo cual no nos llevaría a afirmar que eso lo hiciera un personaje excéntrico, ni algo que llegara a provocar un completo escándalo. Esos detalles, que podrían pasar por deformaciones de personalidad, se fueron acentuando con el paso del tiempo y terminaron por convertirse en manías o costumbres es decir, peccata minuta.

Sin embargo, ahora las cosas eran muy diferentes. Él llegaba a casa—casi siempre—de madrugada. En muchas ocasiones hasta el día siguiente. No hacía caso de las agrias llamadas de atención que ella le dirigía. Mostraba un marcado desprecio—a veces disfrazado de indiferencia—por la comida que amorosamente le ofrecía. —Lo más seguro es que ya comió en otra casa—conjeturaba ella con marcada tristeza y pesadumbre. Ya no frecuentaba el sillón favorito donde juntos acostumbraban a ver por las tardes el televisor. El colmo de su desapego—por no darle otro nombre—era el que ya ni siquiera se dignara mirarla, ni escucharla cuando ella le reclamaba su conducta, dejándola con la palabra en la boca y con retortijón de tripas por el coraje sin disipar.

Para esas alturas, la situación ya era prácticamente insoportable. Ahora que ella lo sabía todo y lo había "visto con sus propios ojos", sin la intermediación de testimonios fingidamente fraternos y confidenciales. Sentía que el mundo se le caía encima. No lo podía creer, y sin embargo, ahí estaba la realidad fría e insultante, cruda y terrible, para desmentirla. Una pregunta repetidamente golpeaba su cerebro: ¿Por qué lo hizo?, ¿por qué? Pregunta que no lograba responderse a sí misma. Sabiendo que él era su única compañía, el único ser con el que contaba en el mundo, a quien le había entregado todo su amor, su afecto… quien le había dado sentido a su existencia. Por quien pasaba tantos desvelos, a quien contaba sus cuitas y sinsabores; todas sus confidencias. A quien había amado—hasta entonces—profundamente. En fin, en quien había puesto todas sus complacencias ¿Así era como le pagaba la atención y el tiempo que generosamente y de forma abnegada le dedicaba? ¡Maldito, mil veces maldito!

Pero todo tiene un límite y ella no podía soportar más. Ella sabría muy bien de qué manera cobrarse tantas afrentas, humillaciones y vergüenzas. Así que esa misma noche lo esperó a que llegara de sus rondas. Colocada tras la puerta, observó su arribo cauteloso a la casa por la puerta de servicio. Con odio mortal, distinguió sus ojos fosforescentes entre la oscuridad y su silueta felina cruzando por la cocina. Luego de pasar por la sala, entró silenciosamente a la recámara. Ahí lo miró echarse como un animal. Después de todo, qué más podría esperarse de él. Si se comporta como lo que verdaderamente es, un animal sin escrúpulos ni conciencia, pensó ella. Y allí, oculta y agazapada esperó con impaciencia contenida.

Cuando las finas y delicadas manos de Bertha se crisparon decididamente sobre el mango del cuchillo de cocina, era porque ya lo tenía todo planeado. Ya para entonces, sus nervios estaban destrozados y un escalofrío le sacudía intermitente su cuerpo afiebrado. Cualquiera que la hubiera visto en ese momento y en medio de la oscuridad, la habría tomado sin duda por una loca. Negras ojeras enmarcaban sus ojos desorbitados, el cabello despeinado y un rictus de desesperación en el rostro completaban la figura de un poseso. Extraña transformación de un ama de casa, antaño amorosa.

Cuando tuvo la certeza, de que el desgraciado estaba profundamente dormido, se precipitó sobre de él blandiendo furiosa el cuchillo filoso y descargó en el bulto inerme, toda la fuerza de su odio acumulado y la rabia destructora por tanto tiempo contenida. El miserable gato ni siquiera tuvo tiempo de emitir su último maullido. En el cielo, la radiante luna llena, empezaba tímida a salir por encima de negros nubarrones.

Ana Pérez del Cerro
Argentina

Dios. (Julieta, 8 años).

El papá de mi amigo Leo le dice siempre que dios no existe. Mi papá me dice que sí y que me está mirando. Yo pienso que si existe no debe estar de acuerdo con ninguno de los dos.

La plata. (Nico, 10 años)

Yo quiero tener plata para comprarme autos, motos y un club de fútbol. Porque yo quiero ser alguien cuando sea grande y poder hablar todo lo que quiera porque me dicen que hablo mucho y mi viejo me pega en la boca y la directora me dijo que me va a poner un broche. Si tengo mucha plata los voy hacer callar a todos.

El horizonte. (Jeremías, 9 años)

¿Por qué la gente dice a veces que no hay horizonte? ¿Flota el horizonte? A mí me explicaron en la escuela qué era y me gustaría verlo desde la terraza pero lo único que se ve son cables y antenas y carteles. Algunas veces voy a la costanera con mi tío y se ve como una línea atrás del río ¡El agua está re sucia! Cuando dibujé el horizonte en el cuaderno le pinté un arco iris.

El amor. (Gisela, 12 años)

Mi amiga Constanza tiene quince años, tres más que yo.

Ayer le pregunte qué era el amor.

—Y...es cuando tenés mariposas en la panza.

—Boluda, no se dice "es cuando", se dice solamente "es" nos dijo la profe de Lengua.

—Ay boluda, es cuando, en ese momento que tenés las mariposas.

—A mí no me gusta eso, es como haberse comido insectos.

—Se dice así boluda. Cuando mi mamá era joven decía que escuchaba campanitas o que le saltaba el corazón.

— ¿Y por qué ahora no les pasa eso?

—Mi vieja dice que eso es enamoramiento y no dura y que el amor es más largo, pero no tiene campanitas.

— ¿Y cómo te das cuenta?

—Por lo de las mariposas

En eso llegó Joaquín, un chico morocho, alto, como de dieciocho años.

Gisela no lo conocía. La saludó con un beso en la mejilla y le dio un pico a Constanza.

Gise sintió mariposas en la panza, campanitas en los oídos y, hasta caquitas de San Antonio en las manos.

Entonces pensó. "Esto que siento no es ni enamoramiento ni amor del largo.

Y así Gisela descubrió otra variante: el amor a primera vista.

Quién soy. (Emiliano, 10 años)

Yo no entiendo algunas cosas.

Mi papá me llevó a sacarme sangre para ver si es mi papá.

En el cole, le pregunté a la maestra qué era un ADN, pero ella me dijo que no me lo podía explicar.

En mi casa, mi mamá lloraba y le gritó "hijo de puta" a mi papá.

A mí no me dolió la aguja. Pero desde hace una semana estoy muy triste, aunque me aguanto de llorar porque mi papá me dice "maricón".

La muerte. (Colo, 8 años).

Mi abuelo siempre dice que no somos nada si al final todos nos vamos a morir.

En la tele hay muchas películas y a mí y a mis hermanos nos gustan. A mi mamá no pero es raro porque cuando ve la televisión dice a estos negros de mierda hay que matarlos a todos. En mi casa somos todos medio negros, bah mi mamá no porque se tiñe y yo tengo teñido un mechón de rojo y me dicen Colo.

En el ciber juego a matar gente y otros chicos también.

Yo tengo un compañero que dice que a él no le importa morirse. A mí me parece que yo nunca me fuera a morir, me da miedo.

Mi abuelo que siempre anda diciendo frases raras le dijo a mi mamá a rey muerto rey puesto. Dice que porque mi papá se fue. Ni que mi viejo fuera un rey.

La maestra. (Sole, 6 años).

La maestra le dijo a mi mamá que a mí no me da la cabeza.

Yo escuché cuando mi mamá se lo decía a mi papá y mi papá le dijo que yo era igual que ella, que mi mamá.

¿Cómo sabe la maestra de mi cabeza si no la ve por adentro?

Yo cuando sea grande quería ser maestra pero ahora no quiero.

Voy a ser peluquera.

En Babia. (Sofía, 10 años).

Soñé que me llamaba Anaire.

Estaba en un desierto con montañas y de repente volaba.

Después miraba por la ventana de la cocina que en el sueño daba a una cueva llena de luz y yo me veía saliendo de esa cueva.

Salía volando de nuevo. Alguien, como un pájaro, decía mi nombre, ¡Anaire! ¡Anaire! Y yo entraba en la escuela.

—Vos siempre en babia—dijo la maestra mientras me avisaba que saliera al recreo.

¿Dónde queda Babia?

La escuela. (José, 9 años).

La maestra explica cosas y nosotros copiamos en el cuaderno.

El otro día, un chico del grado que se llama Toni y que se sienta atrás porque es alto, estaba dibujando mientras la seño escribía en el pizarrón que San Martín era el padre de la patria.

Yo le pregunté por qué y ella me dijo que porque todos los países tenían un prócer. No sé muy bien qué es un prócer.

De repente, la maestra gritó:

—Toni ¿qué estás haciendo?

—Una historieta, Mambrú se fue a la guerra.

—Dámela ya.

—No la terminé

—No la vas a terminar; ésta no es la hora de dibujo.

Se la sacó y tiró el papel al cesto hecho un bollo.

En el recreo le pregunté a Toni quién era Mambrú y me contó que era un soldado que iba a la guerra y no sabía cuándo iba a volver. A él se lo cantaba la abuela. Yo no sé esa canción. Mi hermana canta las de Shakira.

Después Toni me dijo que nunca más iba a hacer un dibujo.

Me parece que se estaba aguantando para no llorar.

Cesar Klauer
Perú

Vestimenta matrimonial.

Se miró en el espejo, la ilusión iluminaba su rostro. El vestido blanco caía en formas esponjosas, como nubes de tul flotando a su alrededor. Con maquillaje tenía que mejorar, pensó; habría que contratar a un profesional. O quizás no, ¿Carlos se animaría? ¿Se veía mejor con guantes? La panza se notaba ¡Qué fastidio!

La voz de su madre llegó algo ensordecida por la puerta cerrada: Era hora, el carro esperaba.

—Ya voy— contestó de mala gana.

Se quitó el vestido, lo envolvió en la bolsa negra junto a las bolitas de naftalina nuevas. Metió el paquete en la caja que ocultó luego detrás de los zapatos en el fondo del closet, bien al fondo.

Los toques de su padre en la puerta le sorprendieron: —Pepe, ya es hora de salir, hijo.

—Ya, papá, ya voy.

Se ajustó la corbata michi. Cogió una pelusa de la manga. Acomodó el jazmín en la solapa. Enderezó el fajín. Apretó los dientes. Salió refunfuñando.

Escozor nasal.

Geppetto lo miró fijamente a los ojos: ¡Por supuesto!, se ofendió, dejó el martillo en la banqueta ¿Qué clase de pregunta era esa?, levantó el índice frente a la carita inexpresiva: ¡Soy tu padre!, sentenció, autoritario.

Geppetto se rascó la punta de la nariz.

Garantía.

Al abrir la puerta, la señora fue atacada por una pestilencia de jazmines.

En eso, el pasillo escupió al esposo. Señalando la información impresa en la lata del aerosol, gritaba amargo: ¡No llega a las mil! ¡No llega a las mil!

Memoria de los zapatos.

¿Recuerdas?, suspiró el príncipe. Alzó el zapatito empolvado de añoranza, rociado por la luz de la imponente araña de cristal que pendía del techo altísimo del gran salón.

Evocó la búsqueda, ¡hacía tantos años! Recordó todos esos pies. Sucios, callosos, ansiosos. Cientos de candidatas. Y el alboroto en el reino, el hallazgo del perfecto: El tuyo, mi amor.

¡Ah!, reaccionó la princesa ¡No me hagas recordar!, tronó su voz cascada y áspera.

Se volvió hacia él, le clavó la mirada como aguja oxidada.

Cena de verano.

Sus voces eran navajas estridentes teñidas de la desesperación de las tripas apretadas. La madre se tomó su tiempo decidiendo con cuál empezar, cuatro son muchos, parecía pensar mientras sus oscuros ojos se fundían con el horizonte: la incandescente naranja del sol se despedía con solo un gajo fosforescente iluminando levemente el camino del tibio viento veraniego. Las hojas del árbol se meneaban apaciblemente y producían un silbido tenue con aroma a flores, café fresco, sopor. Regresó al momento jalada por el escándalo de los chillones hambrientos. Se sacudió, cogió un gusano. Lo metió en el pico del primer pichón.

Ataque químico.

De repente, la lluvia ácida arreció, nos hizo retorcernos de dolor.

Enseguida, un remolino sacudió todo con un estruendo sólido de dedos apurados que entresacaban, peinaban, hacían camino para que el veneno nos alcanzara pleno y potente. Nos querían sacar de nuestra casa. Entonces, saltamos buscando un escape hacia otra zona intocada por la ponzoña, a sabiendas que pronto llegaría allí también el ataque tóxico.

Alcanzamos un claro libre de pelos, donde la luz calentaba suavemente la piel del perro. Desde allí, vimos la boca asesina del spray escupiendo el veneno antipulgas sobre nosotras. Dios nos ampare en su reino.

Arca de Noé.

Noé les había cerrado las puertas del arca en el hocico. Preocupada, su esposa abogó por ellas, pero recibió una respuesta definitiva: El mundo se libraría de esas plagas. Sus hijos también trataron de disuadirlo, pero el viejo se mantuvo firme: No hay lugar para ellas en el nuevo mundo. ¿Se lo había ordenado así Dios? No, había que aprovechar la coyuntura para deshacerse de la inmundicia. Por eso, su corazón casi estalla cuando vio los boquetes roídos en los sacos de grano de la bodega, el alimento derramado en el piso.

Aterradas por su bíblico enojo, las ratas huyeron.

El sabor de la carne.

Cuando pruebas la carne, ya no la dejas. Las fauces, espumosas por la avidez, te cogen del cuello, te arrastraran a su oscura cueva y no puedes hacer nada. La hueles, tu lengua se humedece antes que sepas que cerca de ti hay carne lista para comer. Tu boca se llena de saliva, tu corazón se acelera, tu sangre hierve y empiezas a moverte como animal encerrado, buscándola. Tus músculos se tensan hasta el dolor. Tus mandíbulas trituran los dientes. Y entonces empieza lo peor: ruegas, saltas, aúllas.

Por eso no te doy carne, no me gustaría verte así, Rex.

Pregunta.

¿Gabriel?, María cubrió su desnudez con temblor de la voz.

Él suspiraba sonriente, satisfecho por la misión cumplida. Una pluma se desprendió de su ala, patinó por el aire, se enroscó sobre sí misma, luchó contra la gravedad, perdió.

¿Qué pasa?

No era nada, María bajó la voz, sólo se preguntaba, miró el suelo, ¿por qué no había venido Él mismo?

María José Domínguez García
España

El Gueto.

El niño no sabe lo que implica la palabra gueto; pero al contemplar con sus expresivos y oscuros ojos las casas derruidas de su barrio, cree comprender dicho significado. Antes aquel lugar era hermoso. Los chiquillos jugaban en las calles, sus risas se oían hasta el atardecer y sus madres compartían sus sueños y sus alegrías... Hoy nadie ríe. En los rostros de adultos y de pequeños se refleja la desesperanza, el miedo, el dolor, la muerte...

Algunas viviendas tienen símbolos en sus ruinosos muros, los escombros se amontonan por los alrededores, un olor nauseabundo les acompaña constantemente, las velas iluminan los salones de sus hogares... Las bombas han dejado de matar; sin embargo, la desolación permanece intacta en las miradas de todos los que hacen cola para recibir alimentos.

—Esto es un maldito gueto... -afirma el patriarca de la familia con la rabia contenida.

Rashad le mira y le pregunta inocentemente:

— ¿Por qué, abuelo?

Ibrahim baja la cabeza porque no sabe qué decir a su nieto. El triángulo perverso que mantienen Israel, Hamás y la Autoridad Palestina les tiene acorralado. Los pobres son siempre los que sufren las consecuencias de las guerras y de la sinrazón.

El cerdo.

Lo decidí aquella mañana en la que sus ojos me invitaron a unirme al grupo. Convencido me despojé de mis ropas y deseché todo lo que había significado una vida de riquezas y comodidades. Ahora, rodeado de inmundicias y de excrementos, me doy cuenta de que mi existencia ha sido superficial y triste.

Aquí, en la Dehesa, soy completamente feliz. Me revuelco en el lodo y me alimento de despojos y de los frutos que la naturaleza me ofrece. Sin embargo, ellos no lo entienden. Me llaman loco, me arrojan piedras, arrugan sus narices con repulsión y se ríen a carcajadas porque simplemente no conciben mi actitud.

— ¡Ya se irán! —me dice gruñendo el jefe de la piara para tranquilizarme—. Los puercos cuando no obtienen lo que desean, emigran a otro lugar. —Y tiene razón, decepcionados porque no les replico, al rato se marchan.

No obstante, mi hijo se acerca hasta la valla. No me molesta el pliego que lleva en su mano derecha ni siquiera su gesto de repugnancia, lo que verdaderamente me mosquea es que camina dando pequeños saltos para que la mierda no le ensucie sus Martinellis. ¡Será idiota! Si gracias a ésta, él come como un rey. Pero claro, es tan frívolo que no lo intuye.

— ¡Te hemos discapacitado! —grita con las venas del cuello a punto de estallar. Me giro y le enseño el culo y, segundos después, me acurruco buscando el calor de los míos. Eduardo vomita abrumado por la situación y, luego, se aleja echando pestes en su descapotable. Suspiro sintiendo el olor nauseabundo de su vómito, pero la paz me envuelve y me duermo soñando que algún día me llevaran al matadero junto al resto de la manada.

El alma.

Había tres personas más en la amplia y blanca sala: un niño, un joven y un anciano. Los tres me miraron fijamente durante varios segundos. Yo estaba nervioso y algo aturdido, pero deseaba conocer la respuesta y pregunté:

— ¿El alma existe?

El niño me sonrió y siguió jugando. El joven se encogió de hombros y volvió a escuchar en el ipod su música preferida. El anciano habló aún sin mover sus labios:

— ¿Por qué quieres saberlo?

—Porque tengo dudas… —le dije casi en un susurro.

El hombre señaló a los otros dos y luego manifestó con solemnidad:

—Ellos no las tienen, ni yo tampoco. Tú sientes, amas y comprendes, ¡no deberías de tener ningún dilema contigo mismo!

—Pero el alma no es tangible…

—Ni la esperanza tampoco…

Le miré desconcertado. El anciano sonrió. Un silencio sepulcral se apoderó de aquel lugar y una gélida sensación me paralizó, ya que mi cuerpo se fue disipando, igual que el humo, hasta desvanecerse por completo.

Abrí los ojos con una extraordinaria emoción, ¡el alma soy yo!

Gaza.

El niño se despertó angustiado. Otra vez el sonido sibilante de los misiles se oyó muy cerca. Alejó de un puntapié las mantas y se fue al salón con el corazón desbocado. Allí contempló la destrucción que aquellas bombas habían provocado en Gaza. Escuchó los gritos, vio sangre, muerte…

—Shamuel, el desayuno está en la mesa… -dijo su madre sonriente.

Su padre, un alto cargo del Gobierno israelí, se llevó la taza humeante a sus labios, mientras observaba, con ojos impasibles, la pantalla del televisor.

Shamuel preguntó:

— ¿Los niños palestinos también son terroristas?

Hanna palideció. El ministro de la guerra miró, avergonzado, hacia otro lado…

I. C. Tirapegui
Chile

Fastfood.

Todo está brumoso, opaco, velado por millones de microscópicas gotas que flotan ingrávidas en el aire. Julio se despide de su pareja con una mirada disimulada. Ella sonríe y se adelanta unos metros. Él camina con paso cansino mientras la gente a su alrededor corre, trota o avanza a grandes zancadas. Llevan prisa, como si el tiempo les mordiera los talones. El polvo se levanta bajo sus pies y hace que la niebla adquiera una textura barrosa.

Mientras más se acerca a la reja electrificada, más lentos y pequeños son los pasos de Julio. Cada metro de la frontera está cercado y vigilado por agentes en busca de Marwos. Para traspasar el límite, Julio debe presentar sus permisos sanitarios al día y confirmar su identidad en el escáner ocular. Este trámite, en general rápido y menos desagradable que la seguridad en su trabajo, para Julio es un ritual demasiadas veces repetido: después de esta revisión, debe pasar otras dos. La primera para entrar a Phoenix y la segunda, para ingresar a la zona turística.

Eso significa dos aduanas y dos filas más para "revisión y confirmación". Y sin importar el tiempo perdido, debe llegar antes de las nueve de la mañana. Cuando empezó a trabajar, se atrasó un par de veces, pero las cicatrices en su espalda lo convencieron que era mejor dormir menos que llegar tarde. Por eso ahora aparece puntual a las ocho treinta y para hacerlo, se levanta apenas apoya la espalda en la cama.

A Julio le toca la caseta trece. Saca sus papeles del bolsillo y se dirige a la ventanilla. El hombre lo observa de pies a cabeza mientras revisa sus documentos. Él apoya su ojo en el escáner ocular y una sonrisa aparece en el rostro del funcionario. Se acerca a su compañero y le susurra algo. Ambos lo miran. Entonces se encienden las balizas y suena la alarma anti Marwos. Todas las rejas y accesos se cierran automáticamente mientras los perros ladran y aúllan. El sudor recorre el cuerpo de Julio como un mal hábito. Los agentes corren como locos con sus botas recién lustradas.

Se dirigen a una caseta que él no logra ver. El caos se adueña de la aduana de la zona turística. Agentes armados pasan junto a él. A los gritos de pánico se suma el aullido de las sirenas. Por los altavoces informan que han descubierto un Marwo, todos deben permanecer donde están y colaborar con los agentes.

Julio mete las manos en sus bolsillos y se entierra las uñas a través de la tela. El dolor lo ayuda a mantener el control.

De pronto tres disparos cruzan el aire, más perros ladran. El grito de mujer. Luego silencio. La alarma deja de sonar, pero las balizas permanecen encendidas. Un agente se detiene junto a él y llama por su transmisor. No logra oír qué pregunta, pero escucha que responden "no estaba sola. Siempre andan con su pareja ¡Hay que encontrarlo!" El rostro de Julio se contrae. Durante unos segundos interminables. La mirada del agente su cruza con la de él. Las puertas automáticas se abren y la luz se normaliza. El oficial se va de ahí.

En la ventanilla, el funcionario le entrega su permiso de sanidad. Afuera de la aduana, Julio da un largo suspiro. La zona turística está pavimentada, así que no se levanta polvo al caminar. Es el sector más moderno y lujoso de la ciudad. Ahí se levantan enormes hoteles que desaparecen entre las nubes y que esconden en sus cimientos casinos espectaculares en los que jamás entra un rayo de sol. Por todos lados se ven pantallas virtuales que promocionan productos que Julio nunca podría comprar.

En los diez minutos de trayecto, Julio no ve ningún árbol o planta, sin embargo, el ambiente es mucho menos desértico que afuera. El aire tiene un olor acrílico, igual que todo lo demás. Antes de doblar la esquina, se acuclilla, apoya la espalda en el ventanal de una tienda y llora con un sonido amargo, entrecortado por ahogados suspiros. Luego de unos minutos, se levanta y sigue su camino. Llega justo a las ocho treinta. Saluda al guardia y entra al camarín. En la puerta hay un cartel que dice: "Las normas de higiene previenen la aparición de Marwos. Gracias por su comprensión". Julio sonríe. Después de la ducha desinfectante y la revisión de cavidades que el doctor realiza meticulosamente cada mañana, Julio se pone su uniforme y va hacia la caja. Saluda a su jefe con un movimiento de cejas. Apenas abre, una joven obesa se acerca a su ventanilla antibalas:

— Una hamburguesa con queso, papas fritas y bebida mediana ¡Gracias!

María Gabriela Cabezas Borja
Ecuador

Tus cuentos.

Te sonreí porque es lo que hace una de las protagonistas de tus cuentos cuando ve al chico que le gusta. También me lancé a abrazarte, pero esto fue por cuenta propia ¿Cómo explicarte, en tan solo nuestra primera cita, una de las causas de mi locura? Decirte alguna estupidez, como por ejemplo: "Te pareces al protagonista del cuento seis" o "El narrador del nueve es tú antítesis" o peor aún "Me identifiqué con todas las chicas, sean de un cuento de amor o no".

Te sonreí de nuevo y empezamos a caminar hacia el cine que queda cerca de la casa. Es lo que hacen los protagonistas en el cuento dieciséis, solo que ellos se cogen de las manos. Mire de reojo a tu mano y un escalofrío recorrió mi cuerpo ¡Qué lástima que las chicas de tus cuentos sean lo suficientemente valientes, ellas si lo hacen, ellas si se atreven!

Empezamos a hablar de una forma tan natural que hasta yo me asusté. Ni siquiera habíamos salido fuera de la universidad antes y nuestros encuentros de tan solo cinco minutos habían dado paso a rumores, se nos confundía con enamorados tímidos ¿O éramos eso?

Pero había algo en mi interior que me seguía diciendo que mi locura sería un impedimento para que algo sucediera ¿Cómo decirte que cada día leía un cuento tuyo, a pesar de que ya los había leído todos? Que soñaba que me convertía en tú protagonista. Que yo estaba enamorada de ti por tus cuentos.

Solté tu mano ¿Tan rápido me había convertido en parte de tus cuentos? Y corrí.

Decirte algo.

Al principio, subrayaba letras en la hoja del periódico; en un artículo grande quedaron subrayadas cosas como: tú me gustas. Te mandé la hoja sin esperar respuesta, pero tú me contestaste recortando palabras de una revista: tú también. La próxima vez, aparte de subrayar algunas palabras, imprimí otras sacadas del Internet y pegué en los bordes de la hoja del periódico. Me costó escribir mis propias palabras y cuando abrí la boca, fue solo para murmurar un "te quiero".

Querido Carlos:

Esta carta será quemada y creo que debo advertírmelo/telo primero. Por esta razón, podría simplemente obviar que alguien la va a leer y escribir con faltas de ortografía: te hamé, te hamo, te famo, etc. Pero yo me empiezo a perder entre letras que no conozco y creo que sería mejor atenerme al modo con el que siempre te he escrito (hasta hoy, esta es la última).

"Me gusta recordarte así" me digo a mí misma cuando termino de leer, por quién sabe cuál vez, tu libro. Siempre que lo termino, me dirijo a uno de los estantes que recubre las paredes la casa y lo dejo ahí. Esto no te he contado en ninguna de las cartas anteriores, ¿verdad? Me creerías loca, quizás ya me crees loca. Pero un loco no puede juzgar a otro y yo no soy más desquiciada que tú, porque no he llegado al punto de atentar contra mi vida y lograrlo, por supuesto.

Generalmente, empiezo a leerlo otra vez una media hora más tarde. Repaso las palabras, una a una, con una lentitud casi insoportable. Recordando, sintiéndolas, amándote. Tenías esa facultad y aún la tienes, solo con traer a mi memoria como leías. "Tu libro" no es tuyo, sino uno que te gustaba y el último que me leías por las noches. Venías a las diez en punto, te acostabas en la cama y, antes de cualquier cosa, empezabas a leer. Siempre era un capítulo por día, sin importar que solo tenga dos hojas o diez (¿no te parece triste? ¿Morirte justo cuando acabaste el libro?) No hacías entonación diferente en cada personaje, pero tenías algo único (te habrían contratado en cualquier lugar de audio libros). Me podías hacer reír o llorar de acuerdo a la situación y a tu voz. Te encantaba, claro, provocar eso en la gente: reír, llorar, gemir. Tú final no podía haber sido menos dramático. No, eso nunca. Quizá, yo no quería que fueras menos dramático. Me gustaba sentir aquello en mi piel y, a mí manera, también yo soy así. Si no, ¿por qué todos los libros de mi casa se llamaban de la misma forma? Lo único que varía es las ediciones. Ya no me importa la mirada de la gente que me visita y se llena de terror cuando los ve. Sí, son mucho y los mismos. Pero es la única forma que me queda para no olvidarte; especialmente, si esta es la última vez que te escribo.

Isabela.

Narciso.

Una vez me enamoré de mí. Ocurrió una tarde de otoño en la que me vi al espejo y me parecí hermoso. Ese día me di flores y me invité a cenar. Me conversaba, jugaba, iba al cine conmigo mismo. Luego me hacía el amor. Todo iba bien, perfecto, no me cansé ni nada. La culpa fue de Nina, ella tuvo la culpa de que yo me olvide y me traicione, que deje de verme.

Una media.

"La vieja de la casa sacó el calcetín" Eso es lo que dirán. Y "calcetín" será pronunciado de forma irónica, porque aquí se dice: "media" y de la otra forma, solo sale en los libros.

De todas formas, procedí a sacar el calcetín y lo puse junto a mi cara para sentir a Joaquín una vez más y para poder ver las increíbles caras de asco de todos. Vamos, estaba limpio. Los demás exageran siempre, me dicen vieja cuando yo recién tengo treinta y dos años y no soportan mi calcetín. Es peor, pero, cuando lo saco en público. Lo hago en determinadas ocasiones, solo para poder alegrarme con la cara de vaca amargada que Rosalía pone cuando lo ve.

Apenas han pasado tres años desde que se fue, desde que decidió matarse. Porque estoy segura que embriagarse y conducir en una carretera interprovincial es suicidio. Aunque lo que me pone realmente segura es la carta que encontré en mi velador. ¿Acaso no me pueden dar tiempo? ¿Creen que se supera una muerte en tres años?

Pero sé que otra cosa creen, que tener una media es una estupidez. Podría ser cualquier otra tontera, ¿por qué no una camisa? ¿No sería mejor tener su libreta? Da igual, ¿no? Aprendí a ignorar las cosas de Joaquín que Rosalía deja en mi cuarto por las noches, si no lo hiciera, ya las hubiera quemado. No quería cosas que me recordaran a Joaquín que era un misterio para mí. Yo solo quería al mío, al que aprendí a amar. La maldita media tiene significado para mí ¿o qué creían? El calcetín estaba impar, el otro nunca lo encontramos y con Joaquín bromeábamos acerca de que era un calcetín infeliz, porque nunca pudo recuperar a su pareja.

La Cámara de los Recuerdos.

Entró a la tienda a las cuatro y cuarenta y siete del primer viernes de mayo. Dijo que quería un aparato que le ayudara a recordar las cosas, no es que estaba olvidándose de ellas; quería simplemente no tener que hacer el esfuerzo de recordar algo.

Le tendí la cámara que me había llegado la semana pasada. El cliente, quien ni siquiera se dignó a decirme su nombre, tomó la cámara y me preguntó rápidamente cuanto costaba. Le dije que nada. Así son mis productos, todos van cobrando de a poco. Me preguntó qué era lo que iba cobrando de a poco.

La cámara muestra tus recuerdos, el que quieras, el que te pregunten. Pero cada vez que uno de los recuerdos vaya a la cámara, se borra de tu memoria.

Dijo que no le importaba, que los conservaría en la memoria interna de la máquina y que no pasaría los más importantes al aparato.

Le dije que mirara la memoria interna del aparato, que es un poco limitada; pero casi no me escuchó. Firmó el contrato de venta, sin leerlo, salió corriendo y se dirigió a la calle.

Días después, vino a quejarse de la memoria de la cámara. Yo le indiqué el contrato y le dije que ya le había explicado y si él no me escuchó, no era mi culpa. Había perdido recuerdos de su hijo. Aunque obviamente no su nacimiento y su figura actual.

El señor Pepe (al que le vamos a llamar así, porque nunca me dijo su nombre y su firma era un garabato) salió de la tienda y se dirigió a la casa. Siempre sé la vida de mis clientes, es fácil, es gente predecible. En su casa, su esposa le pidió que le contara una vez más como le fue en la semana, él le indico la cámara cansado, al final de todo, esa semana había sido muy mala, no tenía nada interesante que contar.

Siguió mostrando la cámara a todo el mundo, siempre estaba muy cansado como para hablar con alguien.

Hasta que un día, cuando ya no se acordaba de mí, se dio cuenta de que tenía muy pocos recuerdos. Decidió investigarlos, porque sabía que eran importantes y los había dejado en la cámara para verlos por siempre. Pero cuando vio el nacimiento de su hijo, no supo quién era, no sabía que bebé estaba naciendo o por qué él estaba en el hospital. En el día de su boda, vio a una muchacha hermosa, así que no reconoció a su esposa, cuando esta llegó del trabajo. Del colegio no recordaba nada y ya no podía trabajar.

Al principio había sido con nombres, siguió con fechas, ahora no era nada. Su esposa preocupada, le llevó al doctor. Alzheimer, dijo el practicante.

El fin.

Santiago, Carlos y yo corrimos desde el río Machángara hasta el laboratorio.

— ¿Cuánto tiempo nos queda? —preguntó Santiago.

—A lo mucho, diez horas- le respondí.

—Somos los últimos—dijo Carlos con la voz apagada.

Era verdad, no quedaba un solo rastro de vida en el mundo. Ser los últimos humanos era extraño. Si escuchabas bien, te dabas cuenta de lo que era el silencio. No había nada. El murmullo de los autos desapareció hace seis años, el de las personas hace tres. Los pájaros dejaron de cantar hace muchos más. Un silencio que había causado locura en los últimos tiempos. Me saqué el traje protector y reduje mi tiempo de vida a ocho horas. Carlos y Santiago me miraron extrañados, pero no dijeron nada.

La contaminación, finalmente había llegado en niveles masivos al Ecuador. Ni siquiera nuestro sistema de filtrado de aire nos salvaría. Fue ahí, que la computadora sonó con una alarma. Me sorprendí ¿Qué había para hacer antes del fin del mundo? Me acerqué a la pantalla y leí: Deber pagado: André Pompugnac en estado criogénico pagó por ser despertado en el fin del mundo. El cuerpo se encuentra en el laboratorio de Canadá; será tele transportado en 3...2...1.

Cuando el cuerpo llegó, yo aún no podía creer que existiera gente tan estúpida. Me acerqué a la cápsula y leí su informe. Era del siglo

XXI. Pensé en lo idiotas que habían sido los de ese tiempo y procedí a leer que era lo que yo tenía que hacer. Al parecer, el sujeto se encontraba en el estado de Criogenización Prima, una especie de criogenización en vida; algo que había empezado a ocurrir a finales de ese siglo. La persona se criogenizaba viva y esperaba que lo despertemos en la época que él había planeado.

Preparé la cápsula para su descongelación y luego, una inyección de líquidos vitales para ponerle en el cable que salía de la cápsula.

—No lo hagas— me dijo Santiago—. Es horrible. Yo quisiera no saber que el mundo termina y estar en su lugar.

—No tienes esto, pero nuestras pastillas de cianuro están preparadas.

—Tenemos las justas. Nadie quiere morir intoxicado por un aire que te hará vomitar por tres días, gritar de dolor una semana y actuar como un animal por cuatro meses— agregó Carlos.

Pero no le hice caso, me puse a llorar y con tristeza e iras le inyecté la jeringuilla.

—Bienvenido— le dije al recién llegado—al fin del mundo.

Máquina del tiempo.

— ¡Es que no lo vas a entender!

—Si no me cuentas ahora, me marcho. Te lo juro, sé que prometí no hacer preguntas, pero ya no puedo más. Siento que todo lo que me has contado son mentiras.

— ¡No lo son!

— ¡Cuéntame!

—Tengo que evitar el día de mañana, tengo que saber qué es lo que pasa mañana, regresar en el tiempo al futuro y evitar mi razón de muerte.

— ¿¡Qué?!

—Mañana me muero. Mis padres dejaron en mi poder antes de morir una máquina del tiempo, siempre viajo en ella, por eso me ausento tanto de esta ciudad, de este tiempo, este es mi presente, pero a veces lo odio. No puedo estar aquí más de determinado tiempo, mis padres me advirtieron que los viajes en el tiempo podrían ser adictivos, pero los sigo utilizando y los seguiré, si sobrevivo hasta mañana.

— ¡Qué disparate! y eso quieres que te crea...

—Cuando llegaste al cuarto y desconectaste el cable, me hiciste volver de donde estaba (el día de mañana) y estaba viendo que yo caía muerta.

—Vaya y te ha servido eso de algo, digo yo... viajar en el tiempo, ¿no has cambiado algo? ¿No has podido evitar esta pelea?

—Lo haría, tal vez lo haga, si es que sobrevivo hasta mañana. Tengo que ver qué sucede mañana.

— ¿Y si soy yo quien te mata? Y no mañana, sino ahora. No me digas que el tiempo no se puede cambiar después de tantas cosas que has hecho.

—No podrías.

— ¿Por qué no? ¿Qué me detiene?

—No podrías matar gracias a quien existes. Tú existes porque en uno de mis viajes hice que tus padres se conocieran, fue como un experimento, te he seguido desde pequeño, a veces te veía como una madre, a veces como una hermana, después me convertí en tu amante...

Me sorprendió el estruendo que hizo la pistola, pero no sentí dolor, el disparo no había sido dirigido a mí. Simplemente se mató; al día siguiente, yo me suicidaría también.

Omar Alberto Santos Balán
México

La mujer del mago.

Por ti me hice el gran mago. Mis rutinas, actos, argucias, eran en honor a tu belleza. Me convertí en río sobre tus manos, aro de fuego en tu cintura, y tú callada. Destruí mis horarios para mostrarte la bondad de los grillos, para hacerte sonreír, y tú sin la mínima complacencia. Me hice alcoba para tus deseos; esfuerzos, creatividad y venas amorosas, embelesado por ofrecerte lo mejor, y tú indiferente a nuestros sueños. Y llegó el acto fundamental, por ofrecerte lo mejor, por tenerte feliz como ninguna, me convertí en paloma, subí a tus hombros, y a ti nada más te bastó con mi sombrero para asfixiarme.

Sigilosa.

Escondida en lo imprevisto, divisaste a los dos, yo estaba bajo el álamo, extasiado, complaciente, escuchando sus oraciones, anduviste sigilosa, alzaste el hacha, todo resultó como lo planeado, después de mis besos sobre sus manos, sólo vi rodar la cabeza de Dios…

La celda.

Si quieres saber en qué acabó todo, oh, hermosa Mayumi, si desconoces cómo se desplomó nuestra inmensa vida. Asómate, observa, ve cómo se arrodilla, ve su desvanecimiento, al arcángel que vomita en tu celda.

Humanidad.

No es que yo intrigue respetables hermanos, andaba buscando el momento, no quería decepcionarlos, pero por algo Dios perdió las llaves de ese gran manicomio irremediable que es la humanidad.

Resignación.

Y sucedió que Gregorio Samsa prefirió quedarse en la forma de insecto, pues presintió más tolerable la incomodidad de los gusanos que le disputaban el alimento, que el odio y la violencia del ser que roncaba en su propia cama.

El muro del gigante.

Esta vez el gigante egoísta levantó sus muros, tres veces más alto que su gigantez, tapió de norte a sur, todas las entradas de su reino, desconfiando de sus vecinos más cercanos. La fortaleza se veía impresionante, soberbia, impenetrable, como una nación aislada, muy lejana para el mortal y la memoria feliz. Dentro del recinto amurallado, el gigante, después de haber terminado su obra altísima, se dispuso a celebrar, y para ello habló a su amigo, otro gigante muy semejante a él, y que vivía silenciosamente en su mismo territorio. Eufóricos, henchidos y arrogantes celebraron la obra magna, felices, orgullosos, bebieron licor fuerte, aspiraron sus hierbas y polvos, practicaron con fusiles raros el juego de la muerte. En altas horas de la noche siguió la celebración de excesos hasta que vino el silencio inminente.

A la mañana siguiente el gigante egoísta despertó por la tibieza del sol, atado de manos y pies, con la sensación de un miedo profundo, totalmente inmovilizado, rodeado de orines y vómitos, pero sus ojos se desorbitaron al ver más allá en el fondo, pegado al muro, el rostro pálido del otro gigante, inerte y sin vida, con un hoyo en medio de la frente. El gigante egoísta sintió una punzada en el pecho, consternado y lleno de pavor, empezó a gritar interminablemente, llenando de lamentos los días y las noches, pidiendo ayuda, amistad, indulgencia, pero sus gritos no fueron escuchados, estos rebotaban, se fragmentaban como nueces frágiles sobre los durísimos e indiferentes muros que construyó. Ni una palabra, eco o quejido penetraba la fortaleza que lo separaba de los demás. Su agonía fue terrible, enferma su garganta, ya sin fuerzas, sólo el muro tapaba su rostro del sol esplendoroso. Afuera los hombres humildes y felices, siguieron haciendo la vida y el trabajo cosechando maíz y tomates, ignorando el muro y el rencor.

Y Sócrates que mira el cuerpo de su discípulo antes de la cicuta.

Me levanto de tu cuerpo rotundo, dejo de ser polvo, rana, espantapájaros. Los dos hemos cambiado como la tierra en las manos del mago. Los dos hemos escapado del puño cerrado de la quimera, Quizá hemos llegado al relato imposible, al poema de todos los amantes. Cuando beso tu vientre me dan ganas de permanecer o de irme tras el bosque de la eternidad. Nadie debe de prohibirnos el éxtasis, la posibilidad. Nadie debe de acecharnos con el látigo.

Aquí estoy, mi piel amada, mirra exquisita, alejándote de las iniquidades, cumpliendo contigo la pureza de una comunión sublime. Mañana dejaré de ser tu centinela amable, el pezón suave que te ha redimido de las dolencias y los quebrantos. Me buscan con sus leyes enfermas, me acusan bajo sus filosofías obtusas y tiranas. Aún la madrugada es bálsamo reconfortante cuando veo tu sueño, el reposo de tu sangre, mancebo increíble. Ahora que reposas quisiera que la carne fuese imperecedera, y que nunca hubiese lágrimas en el oráculo, y que nunca hubiese blasfemias y desmayos en los corredores de la casa. Nunca la acusación infame, nunca la separación justificando llagas y celdas. Carne mía, muchacho de mis tribulaciones, me levanto de tu piel como una alondra embriagada de azul y promesas inenarrables. Te amé, fui el señor de tus aleluyas, y dejaré tu frente bajo los álamos de la oscuridad. Mañana no volveré a poner el trébol entre tus labios, marcharé más allá de la caverna de los dioses, serán recordadas nuestras respiraciones juntas, muchacho bello, dejaremos de ser polvo, rana y espantapájaros.

Premonición.

Cada vez que escribo tengo la sensación de que alguien irá a visitar mi tumba.

Inframundo.

Incluso si bajas a las sombras, verás a tus engendros arrodillados, tratando de reprocharte o buscarte la atrasada plática.

La búsqueda rapaz, reptante.

El noble heredero buscaba desesperadamente a un hombre vil, mentiroso, egoísta y sin escrúpulos, alguien que pudiera comerciar con las esperanzas de los demás. Busco a payasos en las ferias, nada. Asistía a cualquier caravana de gitanos escandalosos, por si había el bufón extraordinario, nada. Sus espías le informaron día con día de sujetos desalmados, criminales estafadores, parricidas, comerciantes avaros, y uno que otro letrado que buscaba fama a costa de cualquier triquiñuela o ineptitud de las autoridades, nada.

Su reinado estaba mermado, y la sagacidad de ordenar y dirigir ya estaba sumergida, la paciencia del pueblo se acababa, a regañadientes le pedía otra clase de orden, su autoridad no bastaba para imponer la injusticia, y velar por la solidez de todo valor contable. El noble era demasiado indulgente, daba oportunidad, pasivo, la benevolencia lo traicionaba, y terminaba por acceder a los planes que se deshacían el disparate. No tenía el empuje para engañar. Por eso no lo pensó demasiado cuando vio al tipejo regordete instalado en la plaza vendiendo sus bálsamos para las dolencias del alma. Desde lejos observaba su capacidad histriónica, su verbo apelmazado de sugestión, una oralidad capaz de convencer a cualquier estatua medieval. No pudo embaucar más a esos miles de ingenuos que se desbordaban en sus palabras alucinantes. Lo arrestaron por la tarde.

Nadie supo de él por una semana. Y días después en una mañana, terminando el desayuno, el hombre noble fue extremadamente claro en sus pretensiones, con insinuaciones agresivas, y cargadas de amenaza le aventó al embaucador que su libertad, su sueldo y los arrebatos de su conciencia dependerían de su voluntad. El regordete sin escrúpulos pactó a regañadientes, con las garras escondidas, advirtiéndole que no esperara tanta sumisión y providencia de sus actos, que lo aceptara como un ventrílocuo capaz de orquestar la más increíble simulación, y todos obtendrían su paraíso escondido, la esperanza esperada por siglos. Se miraron serios, estudiándose, adivinándose, tratando de conectar sus esencias malévolas. Estrecharon sus manos, sus abrazos sellaron el bienestar de cada quien. Y en esa esplendorosa mañana que rebosaba de azul fulminante, la plaza llena, la algarabía, las suposiciones de una nueva era, la multitud entregada a su héroe libertario, la multitud hipnotizada bajo el efecto de su voz prometedora, llena de un halo convincente, pleno de gestos, mímicas y pantomimas perfectamente estudiadas, y en esa gloriosa mañana para los nobles y plebeyos, desde aquella benefactora voz, nació la primera criatura de tal género, rapaz, reptante la criatura política de la comarca, el hombre que se buscaba ansiadamente porque a los pobladores ya les había fastidiado la honestidad.

El escondite.

Afuera la comarca apacible era visitada por el rayo de la piedad, reinaba la inquietante soledad de la naturaleza, el azul que engrandece, cobijaba la danza de las diminutas criaturas, y el sueño eterno de los árboles. Desde su escondite, ellas dos miraban extasiadas todo este espectáculo magnífico. Diario, después de sus quehaceres, elegían el mejor ángulo, y se ponían a mirar con atención cualquier insignificante evento del día. Vivían del asombro. Eran felices viendo al halcón limpiándose en la fuente, a la oruga rodando en su paz cerca del río, a la iguana anciana bebiendo la lluvia sobre el césped verdísimo. Era una morada increíble, la armonía avasallaba en todos los rincones del lugar. Así, día a día miraban cómo la vida aparecía en su milagro inagotable. Pero en ese día nefasto, cambiaron sus vidas, el pavor las acorraló, escucharon el quejido que venía desde afuera, asomaron los ojos y el terror las devoró. Tapiaron inmediatamente el lugar, arrimaron, palos, ropa, basuras, las dos quedaron sin fuerzas y sin paz alguna.

Nunca volvieron a asomarse al brillo del sol, las dos ratas aterradas, nunca olvidarían la cuchilla que el hombre hundió sobre la garganta del unicornio.

La obra inmortal.

Que esa noche entre aplausos, abrazos y reconocimientos, lo premiaron, lo enaltecieron por su obra sublime, magnífica. Las autoridades intachables lo adornaron de frases alentadoras, el halago fue interminable por el motivo de su obra única, alta, improbable en estos tiempos. El jurado insobornable, en su postura solemne y absoluta, dijo sobre las virtudes de la obra premiada. Ante los medios, el presidente del jurado manifestó con palabras precisas y aire de docto en los temas del arte literario, que el texto galardonado tuvo la magnífica idea de plantear en el tejido complejo del discurso, el absurdo, el azar que persigue a los seres, la fragilidad y el alma minusválida de todos. Pero que dijo en otra reunión de prensa, que a pesar del gran respeto que le tenía a los señores del arte, no existían tales anécdotas que ellos creyeron observar, que su propuesta más que existencial, mística o religiosa, fue una historia que le contaron por un teporocho de la esquina cuando lo dejó su mujer, y que por salud necesaria se dejarán de oscuridades y pendejadas. Lo que él quiso expresar es que Nietzsche y Dios están aniquilados, y que ese mismo Dios de nuestra semejanza, anda borracho, despreocupado, ciego, minusválido, fuera de su lugar, y allá sobre el pedestal vacío, las palomas siguen cagando toda blancura terrenal y celestial.

La noticia.

Tal como ameritaba su función, iba y venía en su barca, de una orilla a otra, siempre iba repleta de cadáveres, ya sea por las guerras, enfermedades, las hambrunas o simplemente por el mismo gozo de exterminio que tiene la humanidad. Al principio, en los primeros siglos, el número de muertes era aceptable, justificado por su ánimo desenfadado y romántico.

Los días y los años pasaron, más veloces que su decrépita barca. Y los muertos con sus almas aumentaron el quíntuple de sus cálculos. Rareza inaudita, algo fuera de sus razonamientos no embonaba, le extrañaba de sobremanera la cantidad de almas. Empezaba a impacientarse, las aguas del desasosiego comenzaban a mojar sus nervios. El cansancio ya le reventaba los huesos. Ante este panorama extenuante, y lo sobrenatural lista de almas perdidas que hora a hora pasaban por el silencio del Estigia, empezó a proferir a voz en cuello que de todas las criaturas de la oscuridad, a él le había tocado el trabajo más incómodo, el más sucio e ingrato… Atribulado por los desvelos y por las escasas fuerzas se sintió en la verdadera oscuridad de sentirse solo sin fe sin vigor. En uno de sus grandes intentos, ya solicitaba ayuda a los seres de la penumbra, vaciló con invocar a los seres de la claridad. Y nadie contestó a sus lastimeros ruegos, nadie quiso oír sus interminables quejabanzas. Estaba solo con el trabajo descomunal, sobre las pilas de cadáveres, lustrando las monedas de sus almas, estaba a punto de sollozar cuando un centinela que terminó con su parte de guiar las filas, se le acerco con cierta cautela y compasión en la mirada, y le dijo: "a poco no sabías, a poco nadie te informó… pobre Caronte, dedicado a tus almas oscuras e inocentes, sobre el oscuro Estigia, y nadie te lo dijo. Pobre Caronte tienes que saberlo de una vez, está será tu cruz, es muy cierto, fuera de aquí todos lo dicen, Dios hace siglos que murió…

Octavio Alejandro Gómez Ledesma
México

El segundero.

El tiempo ahora ha dejado de ser una necesidad para convertirse en una obsesión, y lo vemos por todas partes, le creemos, le queremos y odiamos a la vez; ha dejado su sitio privilegiado ¿A dónde nos lleva? ¿Se perdió en su interminable recorrido? ¿Cuánto falta?

No es el tiempo transcurrido, es el que ha de pasar. Que llegará recargado de ira y no se detendrá para interrumpir su viaje eterno. Como en la antigüedad que fue ayer y al futuro que alcanzará mañana.

¿Cuánto más? ¿Cuántos más?

Sin observar a los caídos se alejará, no habrá lugar para la demora. Los pueblos chicos y grandes caerán. El segundero marcará su paso en la escala humana y el infinito de allá afuera no pensará en segundos, ni en instantes, mucho menos en horas, días, años; tampoco en centurias ni milenios. El infinito estará a su lado en todas partes.

Y yo aquí, observando el reloj una y otra vez, obsesionado con la flecha y el segundero. Un instante le dedicaré al tiempo, ahora es mi turno, sólo un instante, después de eso me levantaré y alcanzaré el infinito.

Me gusta.

Me gusta tu voz cuando se pierde en el silencio y no dices nada del amor, te tragas las palabras que crees inútiles y volteas al pasado, lo sientes perdido, una sombra vaga, un martirio en tu vida. Rechazas mi propuesta, rechazas la caricia.

Pero me gusta tu delirio, antes inocencia, antes un capricho. Hoy me pides lo imposible, que me aleje, no de ti, no para siempre, que en la esquina permanezca. Quizás mañana un beso me merezca, un abrazo y tu cariño.

Pero me gusta cómo te alejas a cada paso que doy. Me llevo mis errores, te dejo los tuyos, mis decisiones también las preparo para el viaje; no son buenas, pero todas mías. Me gusta tu inocencia y tu valentía. He de dejarte sola, he de emprender la huída, al olvido, a la avaricia.

Shakira.

En la cañería andan las ratas, esperando el momento justo para hacer su aparición en la casa y habitar el viejo refrigerador. Aunque ya no volverá a ser así. Shakira, su ultima habitante, la bruta, ciega y sordomuda, la terrateniente de la plaza de los Ángeles, coordinadora de las acciones a seguir en la misma, madre de miles de roedores. Tal vez pobló la ciudad en sus años jóvenes.

Un día salió de sus cañerías para ver el porqué de tanta pelea por el mentado refrigerador. Llegó al número catorce del callejón de Privada de Yuriría, muy quitada de la pena anduvo por la casa, burlando a los humanos que la habitaban, carcajeándose de sus trampas; la pasó acondicionando el refrigerador para pasar un glorioso fin de semana, quizás dos, aunque un buen periodo de vacaciones no le vendría nada mal. Unos días de descanso, reorganizar su cabeza y las cuestiones del barrio. Shakira, la grande, escogió un mal destino para vacacionar. Un día murió a patadas mientras se dirigía a un baile en la zona sur del barrio. A su edad había olvidado que debía andar con cuidado en el país de los Gigantes...

¡No hay nadie!

Camino por estas tierras, mis hermanos recorren otros caminos, mi familia anda por otras tierras; todos a la vez avanzamos los caminos que la vida nos presenta.

Mi madre ya no camina no recorre ni anda por algún camino, la muerte la alcanzó en el momento justo y sus huesos descansan bajo la tierra del rancho.

— ¡No hay nadie!

Ayer.

Fue muerte el olvido ayer por la tarde, con flores y llanto.

Luna azul.

Una vez más la luna azul sobre mí, en mi todita, rodeándome, despedazándome, tomándome sin pensarlo. No sé de oscuridades ni de la luz, he olvidado de dónde vengo y quién soy. Un día tomó mi cuerpo, se apoderó de mi mente y de mis pensamientos; hizo pedazos mi vida tan sólo por el deseo.

He querido ver a través de su mirada, saber que hay dentro de su cuerpo. Sé que no ha de asustarme lo que pueda ver, si ya ha ocupado todo el espacio dentro y fuera de mí. El sueño lo perdí al llegar aquí, me lo robó, olvidó que yo iba a llorar cuando su muerte se presentara.

Ahora sé del amor, del odio, del miedo, del desprecio, el asco, la avaricia, de la vida; sé de todo esto y no he muerto, no físicamente, no de mis ojos que pueden ver esta luna azul. Estas tres estrellas que mis sentidos, que mi cuerpo formó y las otras cuatro que se alejaron de mí, de éste, mi lugar.

Solecito de medianoche.

Para su regreso fugaz e incontenible como solía ser ella, la banda se peleaba por un mejor lugar, para observarla lo más cerca posible. Ahí estaba ella, hermosa, evocando los recuerdos más íntimos de la banda; el ahora sería recordado mañana, pues ella era así, un recuerdo lejano, un susurro silencioso. El ir y venir de todos los días con una frase en la cabeza.

El espectáculo había iniciado dos años y medio atrás con una sonrisa en el escenario de la vida, con un beso repartido a la banda, un solecito de medianoche.

"Descansarás en un tibio deseo, más allá del que se ha apoderado de mis ruegos. Visitarás en tu nave el bloque de galaxias del cual hemos desertado y nos hemos adentrado a la cordillera; allí permanecerá en la espera. Anhelando tu regreso."

Ivonne Sánchez Barea
España

Ordeño.

Tibia ubre de una vaca chica con las patas atadas… sentada en un banquillo, con la cabeza apoyada sobre el vientre de recién parida de ese bicolor cuadrúpedo.

Las manos limpias, abiertas, sujetando desde la bolsa; con el índice bajo la mama, y el pulgar como arrastre para empujar el líquido lácteo hacía el cuenco…

Tibia ubre, amanecer fresco… esta noche hacemos queso…

Identidad universal.

¿Quien le dijo a quien de dónde eres? ¿Cuál es la identidad de las personas en el siglo XXI? El número de la IP del computador, o tal vez el número asignado para la seguridad social, o el que se nos entrega como numero de identidad, un registro de nacimiento con fecha, lugar y origen… siendo de tal o cual Nación… hijos de… nietos de…

Somos planetarios, terrícolas, humanos, animales inteligentes con la suficiente capacidad de diferenciarnos.

¿Quién le pregunta a quien… de dónde eres?

Siglo veintidós. (XXII)

Serán hijos de la luz (conocimiento), será el mundo estacionario (es tación en una órbita), serán las aguas el tesoro más preciado… y el pensamiento el transporte interplanetario…

"Odisea de Amanecer", parte de la historia bélica de año once del siglo pasado.

Coser botones.

El acto de coser un botón, de aplicar un elemento externo rígido, a otro flexible mediante las herramientas de una aguja y un hilo. El cálculo del largo del hilo, la paciencia que se ha de tener en ensartarlo en la aguja, anudar uno o los dos extremos, sujetar la tela y el botón a la vez, mientras la aguja traspasa los materiales y puntada a puntada unir los elementos.

Inventaría un juego en que los varones aprendan esta técnica ancestral, de manera que sus mentes, obtengan la capacidad de entender, que sembrar un botón en una camisa, significa, que no es el último, sino una continuidad. De que el botón es necesario plantarlo a fin de lograr cerrar aberturas cómo en la misma vida y que cómo en este acto; sus palabras y decisiones no son las únicas, ni últimas.

La levantadora de pesas.

Solo quienes conocen a la perfección las técnicas adecuadas para levantar las pesas, encontrando el eje y el punto de equilibrio desde el cual las piernas pueden sostener el cuerpo, y este, a los brazos y los brazos a cada lateral los discos con los respectivos kilos.

Largos entrenamientos, desgarros, moldean la capacidad para lograr levantar los pesos.

Me pregunto; ¿Y las mujeres que a lo largo de su vida, han acarreado, cargado, sujetado, aguantado, sustentado, sostenido, balanceado y ha hecho equilibrios, con la educación de sus hijos, compaginados con sus labores de hogar y oficios, con sus maridos, guisado, limpiado, construido, y repartido equitativamente cada centavo: ¿Son ellas levantadoras de pesas?

Héroes y esclavos.

Hay que estar en la piel de aquel que sabe renunciar a fin de procurar el bien de la humanidad. Mucho se ha proclamado de los "Héroes" de Fukushima quienes han sacrificado su propia salud y bienestar en pro de salvar a millones de personas como consecuencia del escape nuclear en Japón.

¿Cuántos de nosotros los occidentales nos hubiéramos puesto a disposición de un gobierno o de la humanidad? ¿Nuestro "Ser" y nuestra "Labor" en pro de salvar de la contaminación a los habitantes del archipiélago o de globo terráqueo?

¿Acaso no somos esclavos de lo que la propia civilización ha inventado para sacar más productividad y rendimiento, avanzar hacia lo que hemos llamado la sociedad del bienestar? ¿Y qué es el bienestar?

Las cosechas.

La siembra, época en que la espalda se dobla y penetra la mano en la tierra. En ese acto de amor, se entrega a la madre naturaleza la mies.

Como generadora de vida, han de pasar los meses, las lluvias, el sol, y el aire, para que un bien día germinada la planta, se asome vertical como un milagro, de un instante, de un soplo natural.

Llega el tiempo de la siega, de recoger frutos y que ellos se sumen en una cosecha sana, fértil, hermosa, como una mujer joven, se entregue a las manos del humano… para alimentarnos.

Los niños ya no saben de donde nacen las mandarinas, y que del trigo hacemos pan y que el papel es madera de árbol madurado en años. Ellos creen que todo nace en el supermercado. Son los libros de los maestros quienes les enseñan lo que es ya imaginario.

Detrás del velo.

Cuando la faz se oculta detrás del velo, máscara de civilización que cercena la belleza, el placer de mostrarse y ser vista, de ser objeto de recreo visual…

"Burkas"; tantas tienen "burkas" de maquillaje y cirugía estética, en un afán de ocultar el tiempo y los surcos tras los velos y veladuras.

La belleza al natural, con la simple mirada honesta, con la libertad de hablar, de vestir y de calzar.

Cuanto lloré y peleé por lograr usar unos pantalones vaqueros, uniforme de la sociedad en el siglo veintiuno.

¿Habremos perdido el horizonte para escoger la flor que acicale el cabello, o el perfume de una fruta?

Estamos todos atónitos sentados viendo al mundo detrás del velo… una pantalla de cuarenta y dos pulgadas que nos dice, entretiene, nos forma e informa…

Volvería mil veces al paraíso aunque Dios me expulsara de él mil veces; pues sabría que del árbol del pensamiento se puede aprender a ser libre.

Llovía fuego.

Apenas con conciencia de ser persona, vi… vi destellos volando por el cielo, no eran artificios, ni hogueras, ni luminarias de fósforo de la tierra, era fuego… un fuego atroz que se tragaba el monte de copiosa vegetación, de árboles ancestrales, de sagrados y altivos picos, cuyas cumbres tocaban el infinito mas allá de las pupilas.

Asombrada vislumbre la quema de los montes en pro del urbanismo; (Claro a esa corta edad yo no lo sabía). Ahora medio el medio siglo del tiempo transcurrido, me hace entender, que aquel incendio que pinté con acuarelas en mis torpes trazos de niña, cuando no entendía como podía llover fuego… y muerte sobre el monte que me daba vida.

Aun conservo la imagen, el olor, la angustia, y el agua seca de mis pinceles, sobre aquel papel como testigo de la huella de los más imbéciles de los poderes.

Miedos.

Miedos son vestiduras y armaduras de batallas invencidas. Miedo al aire, a la tormenta, al fuego, a la noche, a las brujas, al terremoto, al huracán, al desbordamiento del río, al mar, y a las tierras desconocidas.

Miedo al humano que se diferencia, al distinto por religión, color, raza, género, miedo al pensamiento, miedo a las guerras, al hambre, a la soledad, a la vejez…

Miedo desde que nacemos… hasta que llegamos al natural paso de dejar la vida… cargando un terrible miedo a morir…

Somos como hojas de los árboles caducos, tenemos nuestro tiempo y venimos y nos vamos… damos sombra, y luz y color y armonía… Ellas no tienen miedo…porque saben que sus venas son las venas de la vida… y son ellas el humus que alimenta al árbol una vez caídas.

Dejemos los miedos en la orilla, y sigamos las sendas del día a día.

Tere Casas
Venezuela

Hogar dulce hogar.

Cada mañana me despertaba el aroma de café recién colado, pan asomando por el horno, tocino crujiente y huevos fritos. Cada mañana me esperaban sobre un mantel inmaculado y desvencijados platos de peltre, esos caseros platillos que Ernestina preparaba para mí.

Se levantaba, Ernestina, antes del amanecer, para amasar la blanca harina de trigo y formar los panes que ingeríamos durante el transcurso del día. Manos hacendosas las de ella, rugosas, que olían a jazmín y lejía al mismo tiempo, y acariciaban de una forma angelical.

Durante veinticinco años todos los días amanecía igual. Hasta hoy, que únicamente me llegó el rancio hedor de flores destrozadas y secas que habían quedado esparcidas por el rústico suelo de nuestro humilde hogar, al ser transportada Ernestina a su última morada. Hoy, de todos los días de este triste invierno, no me despiertan los ruidos de la cocina ni distingo sus olores, sólo descubro el dolor lacerante de un abandono prematuro, impuesto por una enfermedad que llegó sin avisar, y me despojó del ser que más amaba. No percibo más, los dulces efluvios del hogar y no creo que esté preparado para volverlos a sentir de nuevo.

José Aristóbulo Ramírez Barrero
Colombia

El señor Feis.

Oigo voces en el comedor, signo inequívoco, aunque me cueste reconocerlo, de que el señor Feis no se ha marchado a su planeta todavía.

Maldito sea el día en que me dejé embaucar por mis colegas de trabajo y me suscribí a la red social dizque para estar en contacto con el mundo. Nomás fue abrir mi cuenta para que el cojijo aquel aprovechara la ventura, abandonara la superautopista virtual y se colara de rondón en mi morada invadiendo sin prolegómenos cada recodo de mi espacio vital y manoseando impunemente los pequeños grandes secretos de mi libertad y mi privacidad.

A despecho de la recomendación de mi asesor espiritual de ir paso a paso, con tino y paciencia, de limitar mi defensa personal a rociar con agua de San Ignacio las pertenencias del indeseable para que por la fuerza del halo celestial se marche de una buena vez por donde vino cesando así su triquitraque, so riesgo de quedarme vacío y solo como un ermitaño, sin amigos y sin internet, juro por mis pistolas que si esta noche el cojijo se pone mi pijama y se mete de nuevo en mi cama, me iré con mi música a otra parte legando a mi asesor espiritual casa, hipoteca, mujer, computador, muro virtual y, sobre todas mis pertenencias, al ampuloso y melifluo señor Feis al que mal rayo parta.

Blanca Gutiérrez Larruga
España

Parasomnia infantil.

Me he despertado, o tal vez no, quizá esté soñando despierta. El ambiente es vaporoso y opresivo, el aroma familiar pero ya olvidado y juegos de luces serpentean en las paredes. Ésta no es mi realidad, ni siquiera es mi mente, al menos la consciente. Y aun así todo parece tan real; puedo sentir el sudor repelando por mi espalda. De pronto sufro un insoportable dolor en el vientre; las luces enloquecen y el olor se corrompe. Me desenredo desesperadamente de las blancas cadenas, me levanto y lo oigo. Está aquí, cerca, es un bebé que llora, abandonado, cada vez más cerca, más, más, MÁS... el sonido proviene de mi interior. Vuelvo a sentir las puñaladas mientras me arranco la camiseta, viendo aterrorizada un picaporte en vez de mi ombligo y el bebé continua llorando así que me aferro a la manivela giro a la derecha a la izquierda tiro se abre y, tras la puerta, el silencio.

Trastorno bipolar.

Era como si no hubiese dicho nada; y mira que no había parado de hablar en toda la mañana. Así es como me trataba, con indiferencia y desprecio, sin molestarse en responder a mis preguntas. Vale, es posible que no fuera capaz de encontrar las respuestas, pero por lo menos podría haber hecho el esfuerzo. Tal despecho sentía que la miré a los ojos, la desafié en silencio para que sintiera su propio hielo. Pero no me reconfortó, su pulida tez, sus cristalinos ojos, sus facciones ya tan conocidas no expresaron dolor, sino que también me retaron. Y me asusté, porque me reconocí en la superficie del espejo.

—Creo que debería pedir cita con el psicólogo, no, mejor con el psiquiatra, ¿tú qué crees?

Delirios de impureza.

—Soy un faisán de brillante plumaje. Mis colores eclipsan al sol y mi canto a la brisa marina. Soy tan perfecto que nadie puede alcanzarme, nadie puede estar a mi altura.

—Tonces debes sentite mu solo…

—Para nada, me amo tanto que sólo yo me basto para vivir una vida plena.

— ¿Plena? ¿¡Plena de qué!? ¡Caxo burro! Como no sea d' aburrimiento.

— ¡Plena de confianza, autoestima, adoración ajena! ¿Qué sabrás tú, hombrecillo, de la perfección?

—Pos que no existe, claro'sta. Po'ejemplo, yo soy un gnomo y tú un faisán. Tú se supone que eres pefecto, ¿no?

—Tu inteligencia me asombra.

—Asias. Pos eso, que lo perfecto sería que todos fuéramos perfectos, pero algunos somos gnomos. Dicho'sto, sta claro que la pefecciónno'csiste.

— ¡Ja! ¡Qué pobre argumento! Yo no represento la perfección universal, sino la perfección a la cual todo ser debe aspirar. Tú, insignificante aspiración, eres tan demente que ni siquiera eres capaz de mirar por encima de tu mediocridad.

—Tonces ¿yo debo "inspirar" a ser un pollo de colores con mux' orgullo?

—Yo no quiero ser más de lo que ya soy. Poque yo soy el que da sentido a tu curro ¿Cómo ibas a ser un símbolo de pefección si hubiera otros pefectos? ¡Aaaayy! Qué suete tienes de tenemepo aquí.

—Pero, pero… maldito gnomo de pacotilla ¿¡Cómo osas decir tales blasfemias!? ¡Tú! ¡Dar sentido a mi existencia!, ¡ja! No sólo tratas de compararte conmigo, sino que te colocas por encima de mí. Deberías volver a tu vulgar vida, sin más preocupación que la copula reproductiva   y…

—Ya… pero… es que a mí… a mí me gustah tú…

Tentación.

Me mira tímidamente.

El rubor cubre sus mejillas cuando le devuelvo la mirada.

La desvía.

Vuelve a mirarme.

Me acerco… se acerca.

En mi cabeza se interpreta una sinfonía de mensajes, imágenes y conexiones al compás de una fúnebre y rítmica melodía. Cierro los ojos y siento su olor, su presencia, su tenue calor. Abro los ojos y veo una mano, una ceja y una oreja. Sello mis párpados y oigo su respiración, siento su temblor, recibo sus caricias. Miro de reojo y muerdo su cuello, araño sus muslos. Me entierro en la oscuridad, donde puedo sentir su agitación, su duda. Salgo y siento sus palmas en mi espalda. Muerdo sus labios y un rubí se aposenta en mi lengua. Vuelvo a desaparecer, lo saboreo, degusto su sabor y su esencia. ¡Necesito más! Estallo en un arranque de excitación y locura. Ahora soy real, ahora estoy aquí… y su cuerpo también. Necesito sentirlo, su reaccione, su padecimiento, su amor… estrello su cuerpo, una marioneta en mis brazos. Su dolor se escapa en ahogados gritos, restándole tiempo para evitar el golpe. El respaldo choca contra su cráneo, produciendo el sonido de dos ronroneos y veinte lápices rotos… todos de color rojo. Un riachuelo de sangre discurre desde su sien hasta su hombro, lo lamo. La tentación. Mis encarnados labios ascienden hasta los suyos, los saborean, se detractan y hablan…

…adiós -Suficiente por hoy.

Y pasa de largo, sin siquiera mirarme.

Tal vez no sepa mi nombre.

Tal vez nunca se haya fijado en mí.

Tal vez mañana más.

Paradis.

Christine es bella, casi perfecta. Christine es pícara, casi persona.

Sus tacones remachan la acera y sus caderas son tormentas tropicales con nombre de sensualidad. Su nalga izquierda se llama Laura y su némesis Isabelle. Dos mujeres curvas, cálidas y tiernas; que derriten la moral y evaporan la razón. Su perfume despierta a las fieras, las hace babear y luchar por su mirada; una mirada de félidos y superiores ojos. Cada noche muda de piel, a cual más provocativa y agresiva. Christine es una pérfida viuda negra, una atea mantis religiosa. Esta noche la cándida damisela ha salido a cazar. Sola, en casa, se sentía perdida, sin nadie a sus pies. En cada local, en cada bar, su cizaña se expande y corrompe los corazones. Le télégramme de l'enfer. Un rimbombante apellido y un práctico nombre; muy pomposo, piensa antes de entrar. Un lóbrego antro, oscuro hasta la saciedad y sucio desde la asquerosidad. Nota como sus tacones se adhieren a la mugre de las baldosas y como parece resplandecer la porquería de una docena de sonrisas. Son las cuatro de la mañana, "el último intento", piensa mientras se acerca a la barra.

—Un Gin tonic—le susurra al camarero. Este se ríe y le planta una cerveza en las narices.

Mientras le da un trago a su cóctel, pasea la mirada por los presentes. Varios pares de ojos perdidos, manos inquietas y sudores fríos. Sólo uno se muestra impasible. Él acapara toda su atención; él, sus anchos hombros, sus fuertes brazos, su oscuro pelo, su morena piel. Pero sobre todo su penetrante mirar, una mirada de más de mil años e infinitos dolores. Su cuerpo parece seguir alguna ley sobrenatural y deja plantada a su cerveza para sentarse junto al mulato y, dulcemente, se presenta:

—Christine.

—Me gusta—Su boca esboza una media sonrisa, tan blanca como malintencionada—Carlos.

—Encantada de… encontrarte.

Y nada más finalizar su entramada conversación, ella le coge la mano a él y lo empuja a su ilusión. Él se deja arrastrar, sin mostrar pena alguna, incluso redecorando la tan ensayada actuación. Sus corazones se sincronizan, sus pieles se funden y sus mentes se pierden. Todo el dolor es eclipsado por el placer, pero apoyado por el temor. El temor a no volver o quizá a regresar demasiado pronto. Sus cuerpos se estremecen, desean olvidar, pero han perdido las alas para escapar. Sólo les queda ser, de vez en cuando vivir, y en contadas ocasiones sentir. El frío de sus corazones se ve aplacado por el calor de sus entrañas y finalmente su éxtasis concluye con un suspiro de rabia. Sin embargo la paz debe ser truncada o tal vez el mundo se consuma a sí mismo. Ella se levanta del lecho, se disfraza de nuevo y vuelve a armarse con su corrupción. Él la despide en la puerta, torso desnudo, desaliñado y tal vez aún erecto. Se deja besar en la mejilla y respira una última vez su perfume, el perfume a manzanas.

—Adiós Eva.

—Adiós Adán, encantada de reencontrarte.

Rosalinda Mariño Rodríguez
Venezuela

Arena del tiempo.

El bulbo superior casi lleno. Mi cuerpo frente a ella y mi mente en vuelo al verla cayendo. Quién fuera vidrio para atesorarla, juez para liberarla, mar para soñar su orilla. Pero no soy más que un celoso mirándola colmar el bulbo inferior del reloj.

Ha pasado el tiempo...

Dulces sueños.

Le pidió que le contara un cuento para conciliar el sueño. Ella -mordaz- le habló sobre el lobo feroz. Él -precoz - la consideró un tanto voraz.

— ¿Por qué me hablas del lobo? —preguntó desconcertado.

—Para que duermas mejor.

Reseña de campaña.

Española de entraña, con familia porteña. Siendo señora tiene seña de niña. No cree en sueños pequeños, no tiene dueño. Añora la piña y el jugo de caña. Actualmente se empeña por un escaño en los dominios de Internet. Su campaña política se ciñe al eslogan: "Sueñe con la Eñe".

Mientras, brinda con champaña por su reinado con corona de virgulilla. Colorín colorado, este cuento se ha empañado.

Decisión.

Ante el sinfín de retazos en que se había convertido su vida, optó por asumir la conducta del sastre: tomar medidas.

Limitado.

Erase una vez un cuento que nació con los días contados, ¡perdón!, las palabras contadas.

Conato.

Me pides un relato; que sea microscópico, breve, de un rato. Corto de palabras, sucinto, jamás barato. Que parezca real, de tema libre, sin formato. Una historia interesante, algo creíble y sensata. Te entrego este intento de cuento, de texto…un conato.

Cincuenta.

El cuento que cuento, en el que cuento y recuento sus palabras, por corto no es simple, ni por breve, leve. Él cuenta cuanto puede, calla lo que debe y teme que lo frenen: no la edad, no la distancia, no el silencio; su cuenta es lo que cuenta: cincuenta.

Despedida.

Fui una en tu follaje, me alimentó tu savia, me acarició el viento. Hoy se agrisa mi alma, se marchita mi rostro, se desploma mi cuerpo: caigo en un vaivén de triste cadencia. Moraré a tus pies, seré una en tu alfombra.

Adiós, tu hija, tu hoja.

Mentira azul.

Descubrió que la cigüeña no la trajo en su pico. Que El Coco era amenaza, no come-niños. Y el Ratón Pérez, el mito del diente caído.

Al llegar el príncipe -de azul vestido-, le dijo:

— ¡Bendito!, eres la mejor mentira que llegó a mi oído.

Julio Campos Ávila
Chile

Canto de ave.

Su canto se elevó por el aire como una cristalina y ondulada palabra. Tenía serpenteos de río junto a riberas de suaves hierbas.

Obtenía sus fantásticas notas al aproximarse a los rayos del astro rey que parecía sonreír en un silencio amarillo. Se mecía con mucha dulzura en las hojas de los árboles lo que simulaba multiplicar sus sones asombrosamente translúcidos.

Y la naturaleza entera, con todos sus seres y prodigios, aparentaba suspenderse en cada nota estremecida y maravillosa.

Pero, de pronto, un ruido distinto y sorpresivo, suspendió la mágica interpretación y un ave, cenicienta y desgarbada, emprendió veloz vuelo.

Narraciones.

Ella, constantemente, lo pedía y él siempre lo aguardaba:

—Cuéntame algo—requería y él buscaba en su memoria cosas de su pasado, en especial de su infancia, que eran muy numerosas, para narrárselas.

Ella no dormitaba, permanecía atenta y, a veces, según el relato, una lágrima cristalina rodaba por sus mejillas.

No podía creer que eran fragmentos de vida, pero a pesar de la tristeza que cruzaban los cuentos, ella exigía más y más. Alguna vez, él intentó contarle historias inventadas, con princesas, dragones y príncipes audaces.

No lo permitía. Por eso, esta vez, le contó de su exilio.

Salto al vacío.

La sonrisa cristalina conmovió su corazón.

Era como abrir una ventana a la madrugada, para que entraran todos los sonidos, los ruegos y los milagros y se dispersaran en sus ojos los colores y las ondulaciones.

Así imaginó cientos de historias de braseros. Muchos encuentros en los atardeceres del verano, con olor a frutas en el aire y con aves que dejan un surco negro sobre el viento que murmura.

Pensó que el amor venía a él como siempre con su saco de misterio y campanas.

Ella era joven para conservar su ternura largo tiempo.

Entonces, él, saltó al abismo.

Libertad.

Había estado solo muchas veces. Sabía del espeso silencio que produce la soledad, de sus ondulaciones.

De esas conmociones impredecibles, profundas y desordenadas, que volaban por el cuarto vacío como extrañas aves negras.

Conocía muy bien la manera que se anclaba la noche entre las sábanas frías. Como si lo hiciera en un puerto cercano al polo.

Sin embargo, a pesar de todas las aglomeraciones de pensamientos diferentes, sentía en su interior, adentro, una especie de brisa fresca, un libertario regocijo, una estación en la memoria, un punto vacío en la sombra, como si hubiera regresado de un lejano encadenamiento.

Un deseo.

—"Deseo encumbrarme por el aire, alguna vez. Es mi más importante aspiración"—dijo tímidamente y los que escuchaban, se rieron de muy buenas ganas.

Se sonrojó y se sintió incómodo, ya que no esperaba una reacción tan explosiva, cuando expresaba su sueño más urgente y profundo. Siempre creyó que lo mirarían con respeto y no se burlarían.

No comprendía, por qué él, que no dañaba a nadie, no podía formular un anhelo como ése y esperar que se cumpliera ¿Qué daño podía hacer?

—"Eso es imposible" —le dijeron, entre risas jubilosas—"Y puede ser peligroso"

Él, sin entender, se alejó galopando.

Una sombra agresiva.

Ya lo intuía.

Alguien o algo, transitaba junto a él todos los días y las noches. En cada movimiento.

No era su sombra. Estaba seguro de eso. Conocía a su sombra y su suave compañía en distintos momentos. A veces, aunque no la viera, percibía su presencia compasiva.

Tenía claro que éste, era un espectro muy cruel que se arrastraba con un ruido subterráneo y maligno. Por eso le temía, porque pensaba que el temor le recorría la piel como una helada corriente eléctrica y porque suponía que era agresivo y perverso.

Pero lo supo demasiado tarde. Al ser atacado.

Extraño caso.

Es realmente un extraño caso. Nadie lo habría imaginado.

Lo cierto es que habían sido asesinados a balazos. Los dos yacían, desnudos y sangrantes, sobre la paja del establo, con una insólita mueca de placer en el rostro, semejante a una sonrisa.

Ese furtivo, pero visible regocijo creaba interrogantes.

Eran amigos y lo sabían. Raúl se casó con María y todo se desarrollaba normalmente, hasta hoy, que ella lo siguió pensando que había otra mujer en la vida de su marido, por sus constantes desapariciones.

Los que corrieron al corral no vieron la pistola humeante en las manos de María.

La voz del aguacero.

Era un gran narrador.

Contaba historias distintas y despertaba emociones en unos y otros.

Siempre lo escuchaban. No sabían su nombre, pero lo rodeaban para oírlo mejor. Muchos se alegraban al verlo llegar al bar de siempre, otros, sin saber por qué, se entristecían, pero unos y otros, lo cuidaban y él desplegaba sus historias con el rumor de la lluvia cayendo en los techos.

Un día no apareció. Como vivía en las calles lo rastrearon en distintas vías.

Lo hallaron muerto, apoyado contra un muro.

Todos ellos fueron al cementerio. Allí se quedó, solitario, oyendo la narración del aguacero.

Gonzalo Tomás Salesky Lascano
Argentina

Cada noche.

Cada noche salía al balcón, tomaba sus alas y observaba. Siempre las mismas historias.

Las discusiones eternas de la pareja del octavo, la placidez con que dormía el bebé del cuarto. El errático escritor del séptimo, el soltero insomne del último piso.

Abajo, en el primero, la loca de las velas ¿Para qué tenía tantas en ese maletín? ¿Haría algún conjuro a la luz de la luna? ¿Las pondría en círculo? ¿Se acercaría a un espejo? ¿Invocaría a algo o a alguien a la medianoche?

Sin embargo, nada de todo aquello le importaba. Porque en las últimas semanas, sólo se conmovía ante la misma imagen. No lograba entender ese llanto, desgarrador, en el quinto piso. Ella tenía todo, ¿qué podía faltarle? Le sobraban tantas cosas… ¿eran sueños sin cumplir? ¿Sería el hastío? ¿El aburrimiento de una vida sin matices? ¿Se sentiría engañada? ¿A quién extrañaba tanto? ¿Cómo podía caber tanta tristeza en un alma?

Cada noche, ardía en deseos de hablar, de preguntarle y concederle todo lo que necesitara. De escucharla y beber cada lágrima, de abrazar y rodear su corazón.

Para él, nada más imposible. Y se alejaba de allí, repitiendo:

Quizá en la próxima noche. Quizá en la próxima.

Más pesado.

Por el rabillo del ojo veía la sombra del ventilador, yendo y viniendo, sobre el piso del pequeño departamento. No soportaba el maldito verano. Pensó que el próximo año debía comprarse un equipo de aire acondicionado.

Pasó el cuchillo a su mano derecha. Parecía más liviano que en la izquierda. Dibujó con él un par de círculos en el aire. Acercó la hoja a su cara y miró el reflejo de su dentadura incompleta, de sus fosas nasales, de su barbilla...

Hacía demasiado calor para tener los guantes puestos pero, por las dudas, no se los quitaría. Anoche había cometido ese pequeño error y estaba por enmendarlo. Debía corregirlo. La única persona que sabía la verdad iba a entrar por la puerta principal en los próximos minutos. Seguramente, no había tenido tiempo de hablar con nadie. Además... ¿quién podría creerle?

Se levantó del sillón para apagar el ventilador. La camisa celeste, mojada por el sudor, se pegaba a su torso y le molestaba muchísimo. Pensó una vez más en el precio de los equipos de aire y maldijo en voz baja.

Fue hacia la heladera. La única bebida más o menos fría era el jugo de naranja. No encontró ningún vaso limpio, así que tomó directamente desde la botella de plástico.

Estaba por sentarse nuevamente cuando vio que el picaporte, al fin, comenzaba a girar. Contó hasta diez. Volvió el cuchillo a su mano izquierda. Parecía más pesado. Aclaró la garganta y saludó por última vez a la persona que entraba.

— ¡Hola querida! Te estaba esperando.

Tierra mojada.

Desde hace una semana, el tiempo no pasa. No avanza más allá de las doce. Se detiene, se congela... ¿Qué es lo que está pasando? Mi barba ha dejado de crecer. Tengo la piel fría y por mi espalda corre una horrible sensación ¿Será la angustia?

Salgo a la calle. Ya no hay nadie. Todos se han ido, aterrorizados. ¿Buscando qué? ¿Qué hay más allá de todo esto? ¿Qué refugio nos puede servir si es que el tiempo se ha ido y ha dejado de correr?

Vuelvo a entrar a casa. Dejo la puerta sin llave. No creo que alguien venga a visitarme. Veo que en uno de los relojes de pared el segundero gira al revés... es una locura. Ahora nada tiene sentido ¿O acaso alguna vez algo lo tuvo?

No veo el sol pero sé que es de día. La luna sigue en el cielo, inmóvil. Tampoco hay nubes, pero presiento que viene una gran tormenta. Ese olor único a tierra mojada...

Pero el agua no llega. Nada parece llegar. Hay que esperar. Sé que hay que esperar.

Me siento raro. Pero no es la soledad, tampoco la nostalgia. No sé qué ir a buscar, no sé si alguien estará buscándome. No le encuentro sentido a esta vida ¿O acaso alguna vez algo lo tuvo?

Espejo.

Ya no recordaba cómo hacía para entrar. Había pasado tanto tiempo... pero debía intentarlo. No quería quedarse con la duda.

Se quitó la corbata frente al espejo de su dormitorio, cerrando los ojos. Y no soportó la tentación. Del otro lado, allí dentro, no sólo se veía a sí mismo, junto al desorden de su pequeño cuarto. También estaba aquella pelota, girando sobre sí misma hacía más de diez minutos. La misma pelota de su infancia. Se ajustó el cinturón, se quitó los zapatos y sin estar seguro del todo, lo hizo una vez más. Entró.

El cielo se oscureció de golpe. Vio que su habitación del otro lado se alejaba, como un cuadro llevado por un ladrón invisible. Y comenzó a acordarse cómo se sentía al caminar detrás de los espejos. Fue hacia su balón rojo y amarillo sin necesidad de mover los pies.

Miró la hora. El reloj avanzaba hacia atrás. No recordaba que el tiempo corriera de esa manera. Tampoco por qué había dejado de visitar esa tierra mágica, llena de sueños y de sorpresas.

Esta vez, parecía encontrarse en un bosque. La oscuridad cubría todo, los árboles crecían de arriba hacia abajo y el cielo— ¿cómo podía ser? —no estaba sobre él. Se movía de un lado a otro, cambiando continuamente de color. A lo lejos, escuchaba risas y diabólicas voces. Un río de agua hirviendo lo rodeaba y tuvo que saltar para evitarlo. El sol y la luna giraban como trompos, y nada parecía tener sentido allí dentro.

Excepto ese llanto. El llanto desconsolado de un niño. De un niño solo en ese horrible lugar.

¿Cómo lo habían dejado allí? ¿Cómo sus padres lo abandonaron...?

Sus padres... ¿mis padres? Lo reconoció—se reconoció—al instante.

Llorando en aquel viejo rincón, por su pelota roja y amarilla.

Lo llamó—se llamó—por su nombre. El niño se acercó, notando que al fin su juguete había aparecido, después de tanto tiempo. Se lo entregó. El pequeño le agradeció con la mirada, sonrió y comenzó a alejarse, a correr rumbo a ese cuadro... al cuadro por donde los dos habían entrado en algún momento. Rumbo al espejo.

Se desesperó al darse cuenta que sólo uno de los dos podía salir de allí. Tan sólo uno, y el niño tan cerca de hacerlo...

Lo vio llegar a ese pequeño espejo, jurar en voz alta que nunca más volvería a entrar, y escapar... escapar... escapar de esa prisión de vidrio.

En ese instante, supo que por mucho, mucho tiempo, debía permanecer allí, y esperar que ese pequeño creciera y estuviera listo para entrar—por él—otra vez. Para sacarlo de ese lugar aterrador.

Ahora empezaba a recordar por qué había dejado de visitar esa tierra mágica, llena de sueños, de sorpresas... y de pesadillas.

La obra.

Se lució con la obra, Lucrecia.

Repasó mil veces la frase en su cabeza. Pero no se animaba a pronunciarla. Había sido su primera novia en la escuela secundaria y luego la vida los distanció. Los dos se casaron, él se había separado… ¿y ella? ¿Cómo saber?

Ahora, era la maestra de teatro de Inés, su hija de siete años. Durante toda la función que presentó la escuela en el último día de clase, vino a su memoria aquel pasado. Ese mágico amor de adolescencia, los paseos tomados de la mano, aquella plaza, el primer beso... Y ella sentada a sólo dos filas de su asiento ¿Se acordaría?

Cerró el telón y todos los padres aplaudieron de pie, mientras guardaban sus cámaras digitales. Buscó a su hija y salió rápidamente de la sala, haciendo lo imposible para no cruzarse con Lucrecia.

Cambió a Inés en el pasillo. La abrigó y la felicitó con un beso. Tenía que devolverla a su madre. La llevó hasta el taxi donde su ex esposa los esperaba y las despidió con un suspiro.

Buscó las llaves en su bolsillo derecho. Volvió a su auto y al cerrar la puerta, recordó su abrigo, en el respaldo de su butaca.

La puerta del pequeño teatro continuaba abierta. Adentro, no quedaba nadie. Sólo Lucrecia, ordenando el escenario. Más hermosa que nunca. Tan suave como siempre. Con esa mirada que lo había enamorado quince otoños atrás. Y otra vez, los recuerdos…

—Sabía que ibas a volver.

—No, es sólo que…

— ¿Te diste cuenta que preparé la obra para que, al verla, recordaras todo? Sigo sintiendo lo mismo que en nuestro primer día.

Ella se acordaba. Y en ese momento, sintió deseos de darle el beso más dulce de toda su vida.

Nueve, uno, uno.

Entré a casa y colgué el bastón blanco detrás de la puerta, como siempre. Me quité el piloto, la bufanda y los guantes. Pero esta vez, encendí las luces. Hoy esperaba visitas. Por eso cerré sin llave.

Fui hacia la cocina. Diez pasos hacia la derecha. Llené el plato de mi perro con alimento balanceado. Abrí la heladera y tomé jugo de naranja, directamente desde la botella de plástico. De ahí hasta la mesa, dos pasos más en diagonal. Tanteé los bordes fríos de mármol y respiré profundamente por primera vez en la noche. Me senté y repasé una vez más el plan.

Ellos fueron puntuales. Tocaron el timbre dos veces. Sin esperar a que fuera a abrirles, entraron de manera violenta. Abrí el primer cajón y saqué el cuchillo más grande. Tenía el mango tan suave… Luego, doce pasos hacia la habitación, para cortar la luz en toda la casa.

Cuando quedaron a oscuras, escuché que cambiaban su manera de caminar. Ahora estábamos en igualdad de condiciones.

Me encargué de los dos en menos de un minuto. Un tajo limpio a cada uno, a la altura de la garganta. Ahora estoy por llamar a la policía, fingiendo estar asustado por un par de asaltantes. ¿Quién podría sospechar de un pobre ciego? Hasta me felicitarán por mi valentía al enfrentarme, a pesar de mi estado, con dos peligrosos delincuentes. Si ellos supieran que…

Voy hacia el teléfono. Sólo son tres pasos más, hacia la derecha. Y marco nueve, uno, uno.

Jaime Palacios Chapa
México

Los próximos navegantes.

El almirante enfiló hacia la calle. Al llegar al umbral, se despidió con marcialidad. Luego dio unos pasos y empezó a realizar una serie de movimientos insólitos, desconcertantes, rítmicos, tediosos… tanto, que el aburrimiento nos impidió seguirlo viendo. Había zarpado.

La señora Isabel nos invitó a volver adentro. No sabíamos cuándo, ni si volvería, así que lo mejor sería esperar sentados.

Los papeles no vuelan solos. Siempre es el aliento de un alma lo que los levanta.

Por eso cuando vi elevarse a todas las páginas de un libro roto, a las de un periódico, a multitud de bolsas y empaques, decidí mejor no salir y encerrarme a ver televisión. Nunca he podido soportar tanta elocuencia (¿y quién aguanta que le griten?)

Dr. Frankcuenstein.

NO PASE-MIRE HACIA OTRO LADO-ZONA RESTRINGI-DA-NO PASE

Cuando el texto llegó a los ojos de la víctima, ésta quiso parpadear, pero el proceso es inexorable: en unos instantes, alcanzó la primera capa de neuronas; la perforó y cayó hacia la segunda; la atravesó y se precipitó hacia la tercera.

En cuestión de segundos, el lector se desplomaba con el paladar horadado.

Definitivamente, fue víctima del más perfecto texto breve que se haya escrito jamás: mezcla irrepetible de condensación, concisión, intensidad y densidad. Lo irónico del caso, es que él mismo era el autor.

El forense entregó su informe, levantó la cinta y abandonó el área acordonada.

NO PASE-MIRE HACIA OTRO LADO-ZONA RESTRINGI-DA-NO PASE

Crimen organizado, México 2008.

La cabeza de un hombre desangrada y sin orejas nos miraba a todos desde la banca. El fotógrafo dijo "después de esto la única ficción posible es la solución", y, modesto, negó su autoría.

"¿Sabes leer los labios?", la señaló y vi que, en efecto, hacían un esfuerzo denunciación.

Susana González Odizzio
Uruguay

Net.

Caminaba en rectángulos concéntricos entre multitudes eternas. Nunca supo si llegó ahí a través de ensayar pasos de ballet o mirando los puntos de células muertas de sus ojos en el silencio auto marginado de sus días. Su cerebro conectó a tierra y despertó — ¿Que será esto? —se preguntó mientras veía el marco escrito en su pecho: Martín Robledo, minero.

Todos los demás caminaban en sus propios rectángulos, ajenos a lo que a él lo angustiaba. Trató de hablarles pero nadie respondió, su voz rebotaba en el rectángulo exterior de cada uno de los ajetreados personajes que compartían este nuevo universo.

— ¡Único!— dijo— ¡Soy único!

— ¡Único! —dijeron casi al unísono todos los demás, ensimismados en su propia auto existencia.

Dio unos pasos y se sintió audaz — ¡Corre! — le dijo una voz. Obedeció sin pensarlo. Corrió, corrió más. Se sintió libre, miró a los otros que pasaban caminando a su lado— ¡Libertad! — les gritó. Lo ignoraron. Con dificultad, arrancó el cartel de su pecho y escribió: Derechos civiles. Una vez más lo ignoraron. Súbitamente detuvo su alocada carrera y sintió pena de su compartida soledad, lo abrumó la ira y blasfemó, no lo escucharon, ajenos a su ira y a su pena en su propio rectángulo, en su propia ira en su propia pena.

—Martín Robledo, minero, número veinticinco millones cuarenta y dos mil doscientos veinte… ha estado tratando de exigir derechos…queda eliminado por actos de subversión. —dijo la voz a modo de sentencia. — Apague la computadora.

La apagó.

Lobos Marinos.

Escaparon.

Buscaban libertad de movimientos lejos de las marchas rítmicas que últimamente estaban acostumbrándose a escuchar desfilando por las arenosas calles del balneario, al son de bandas militares. Algo pasaba en Puerto Plata, lo sabían desde que las Fuerzas Conjuntas se llevaron al maestro de la clase y ya no lo vieron más.

Sólo en la playa, ese mágico lugar de dunas y sol, sólo ahí eran libres de gritar, de correr, de mojarse los gastados zapatos sin miedo e insultar a las olas, desahogando, tal vez, la represión que sufrían casi sin saberlo.

El viento del sur se hacía amigo como nunca y volaban como imaginarias gaviotas, imitando sus alas al compás del sonido del mar.

Siempre buscaban botellas con mensajes, una interminable búsqueda de sueños — ¡Acá hay una, ven a verla! —decía la niña. Simulando encontrar el mensaje corría a leerlo en los árboles, mientras su hermana iba tras ella tratando de alcanzarla — ¡Déjame ver! ¡Déjame ver! —le suplicaba, como si esos mensajes que tanto buscaban, fuesen una carta personal que les revelara una verdad tan inconmensurable que las salvara para siempre del silencio y la mentira. En medio de aquella alegría-rebelión, de girar incontables vueltas, las sorprendió una masa inmensa, inerte, mal oliente, rodeada de miles, feroces, acromáticos y ciegos piojos de mar, que escondidos bajo la arena, cobardemente esperaban devorar al gigante caído.

Lloraron al verlo sobre la arena mojada, desanimado, traslucido, ahí estaba, el lobo de mar, heroico y perdedor guerrero que prefería morir sin que lo vieran, alejado de todos sus congéneres, solitario gigante, ahogado en un mar eterno.

Nadie les creyó ese agosto, que en uno de los tantos paseos de búsqueda por la playa, la masa inerte que encontraron se transformó ante sus ojos de lobo de mar a hombre.

Otra vez la mentira en la ventana eléctrica del mundo…"coreanos que caen de los barcos pesqueros… y no tenemos nada más que declarar".

Claro, no pude corroborar la historia de mis alumnas, mi cuerpo yacía en la arena mojada, sólo mi espíritu volaba donde ya no podrían herirme las mentiras.

Gustavo Javier Travi
Argentina

Ritual.

Bajo la luz del vino acomodaba la silla y los ojos negros. Alguien lo tomaba de las cuevas del alma y lo arrastraba otra vez, hacia la misma vez.

Todo empezaba antes del sol, en la noche pura, cuando las calles se debaten entre pendientes y luna, cuando el río elabora destinos de agua, no de hombre. Finalmente, un puente era el último abismo hacia otra vez, la misma vez.

Cuando entraba simulaba inquietudes e importancias. Dejaba caer sobre la mesa dos o tres gotas de tiempo, y entonces, por fin la miraba. Esa música lo dejaba ciego. Sostener el instante de mutuos ojos paralelos era como contar el rocío, o beber la sombra. Para no desvestir el secreto, para no saber que no volvería a pasar, pocas veces la miraba verdaderamente. Luego imaginaba su figura; en las cuatro ventanas, en la sed, en los rumores que transpiraba el pensamiento. Cada noche era la misma noche, y entenderlo así, pudo haber sido el porqué.

Nuevamente, bajo la luz del vino acomodó la silla y los ojos. Esperó y la miró, después buscó su reflejo en la ventana.

En el desierto de una vida, hay un solo momento inferior al instante donde una brisa desvía el curso del viento y lo hace visible. Pero no hay quien pueda percibir ese color.

Así arrojó ella los ojos en él, mientras él la imaginaba en la ventana.

Con la luz del vino o del cielo soltó la silla y se llevó otra noche, sin saber.

Destino.

El amanecer fluía sin fecha. Aún nadie había dividido el tiempo y existir era la exageración de un instante.

El río se explayaba sin culpa quien sabe hasta dónde, y un hombre en la llanura lo sentía propio; anhelaba ese rumor salvaje, no su huella interminablemente efímera. Había comenzado a llover y un azar de los reflejos aterrizó en la mañana: el hombre no vio su forma humana en el espejo del agua, sino, otro río.

Nada quiso preguntarles a los dioses y con horror se lanzó. La corriente lo incluyó sin desdén y toda la llanura fue paralela a sus ojos. Empujado por un mundo que creyó celeste, desanduvo con furia la tierra.

En línea recta surcaron el margen de un campo de altos pastizales, luego la senda los soltó, y se abrieron hasta no poder divisar sus costados. Después de ser casi infinitos, un bosque los partió en su desprolijo aliento. Cayeron de una cima, inventaron la sed, y bebieron otros ríos. Luego todo pareció volver a repetirse en otra dirección.

El cielo, gradual en las sombras se había acercado, y como un silencio, dibujó en ellos su negro pecho sin final.

Todo se detuvo. El hombre ya no era hombre pero tampoco agua, cuando un latido que abarcó todo, le dijo: "Te quedarás en mí, ahora serás del cielo, no del agua. Serás en esta fuente esa esfera, a la que todos llamarán, imposible luna"

Silvia Haydee Secchi
Argentina

Solidaridad.

La nota decía: "No te amo. Perdóname".

Ana María no lo iba a hacer. Nunca. Rompió el papel en pedacitos y lo tiró a la basura. Después, agarró la camisa del desertor y subió a la terraza.

La lavó con cuidado para eliminar todo rastro de suciedad y perfume, la crucificó en la soga y esperó a que dejara de sangrar. Cuando la última gota se secó en el piso, se paró en la cornisa y saltó al vacío.

Justo era que murieran los dos.

El abejorro.

Lo primero que vio fue el abejorro: negro, gordo, con esos ojos redondos y brillantes que lo miraban fijo desde el techo del rancho.

"Pensé que lo había matado anoche, pero de seguro que la grapa me jugó en contra..."

Hacía calor y quiso salir del catre. Era la primera vez que dormía solo desde que la Robustiana lo dejara esa noche, sin decirle por qué.

No pudo, un dolor fuerte le recorrió la espalda y se dio cuenta que estaba atado, estaqueado.

El abejorro seguía mirándolo y había empezado a bajar, con el aguijón apuntándole al pecho.

Antes de atravesarle el corazón como un cuchillo viejo, el Anselmo pensó que el bicho tenía las pestañas iguales a la Robustiana.

Claudio Araya Villalonga
Chile

Desorientado.

Observó con suma atención cada cuerpo intentando encontrar siquiera algún signo de vida. No lo hubo en ninguno de ellos. Reparó, eso sí, en algo que llamó su atención luego de aquel minucioso examen: en todos se repetía la misma expresión extraña, como de extravío, como si un segundo antes de que ocurriera el desastre ya se sintieran perdidos, como si en aquel último instante se estuviesen preguntando... ¿por qué?...

Se sentó en la acera sin que nadie le prestase atención alguna y, desde allí, vio a los hombres que vinieron luego; los vio tomar los cuerpos y sin ninguna contemplación, introducirlos en aquellas siniestras bolsas negras para—seguramente—transportarlos más tarde en las ambulancias.

Pasaba el tiempo y la sensación era de total desorientación, al fuerte mareo que, desde hacía rato se había apoderado de él, se agregaba ahora un sabor amargo en la boca. Haciendo un tremendo esfuerzo recordó que... quizás solo unos pocos minutos atrás—cuando disfrutaba en soledad del hermoso atardecer desde el malecón—haciendo un esfuerzo increíble habría logrado eludir un vehículo que corría a ciento ochenta por la Costanera, arrastrando aquel ruido terrible e interminable que finalmente le alertara. Después de eso todo se hizo confuso... hasta que despertó.

Infructuosamente trató de comunicarse con alguien pero, tal vez porque lo veían bien, solo con la apariencia de un curioso más en escena, nadie parecía dispuesto a tomarle en cuenta. Se quedó allí, con la cabeza entre las manos y tardó al menos todavía un par de minutos más en darse cuenta que también él -al igual que los ocupantes del vehículo- se encontraba total e irremediablemente muerto.

María Consuelo Álvarez
Argentina

Presagio.

Caen los pétalos blancos de la rosa que ya muere...

La vieja mecedora de la abuela, me recibe tibia, me acuna y me adormece. Una suave melodía me llega y me sacude. El resto es silencio, pero la presiento. Me vigila

Yo sé que a ella no se le puede ganar. Lo aprendí a través de los años, masticando mi dolor, tragándome mis propias lágrimas.

Hoy, sosegada por el sufrimiento puedo decirle que vuelva, si lo desea. Aquí estaré... Adquirí el derecho y no me voy amilanar.

Mi misión en esta vida ya fue cumplida y puedo irme en paz. Se descuidó y no tuvo en cuenta, que son mis seres queridos los que al llegar me recibirán.

Yo me vestiré de negro, para no desentonar.

Terminar.

Llega a la oficina y una vez más, ruega que sus compañeros no descubran el secreto.

En su escritorio encuentra un ramo de rosas, cómplices.

Cuando cae la tarde, sus ojos tropiezan con el periódico del día, que alguien descartó sobre la biblioteca.

Con letra destacada, debajo de la fotografía, ella lee: Prestigioso abogado, viaja junto a su esposa...

Toma un papel y firma su renuncia como secretaria.

Abre la ventana del décimo piso y un grupo de sorprendidos peatones, miran intrigados hacia el cielo, tratando de encontrar la explicación de esa lluvia de rosas, que caen sobre ellos.

Fernanda Esperanza Tusa Jumbo
Ecuador

Sin dinosaurios.

Y cuando despertó, La estatua de la Libertad seguía llorando.
Se dio cuenta entonces que sus sueños…ya habían sido deportados.

Para Bécquer.

— ¿Qué es ser latino? —, dices mientras clavas en mi vida tu poesía de vida.
¡Qué es ser latino! ¿Y tú me lo preguntas?
Ser latino simplemente…eres tú.
No hay más conjugaciones.

Resucitando a Bova.

Para salvar a la humanidad no hacía falta nada… salvo saber morir y saber vivir.
Y eso, los latinos lo sabían muy bien.

Sara Maricruz Bravo Montenegro
Perú

La mujer en el espejo.

Al mirarse en el espejo, ella seguía siendo otra mujer.

Sonámbulo.

Se levantó y se puso sus zapatos que estaban debajo de su cama. Encontró las llaves donde siempre las dejaba y abrió la puerta. Caminó por horas con rumbo ilimitado. Sintió una sensación lineal. Quizás era la mesa con la que a veces se tropezaba en la oscuridad. Movió un pie ligeramente, pero sintió un extraño vacío abismal y un viento suave. Se detuvo instintivamente antes de terminar de dar el paso. Al despertarse, vio volar unos gallinazos en círculo. El precipicio lo esperaba.

El cruce de dos sin rumbo.

Una pluma era mecida por el viento. Cuando cayó al suelo, debajo de un roble, nadie se percató de ella y permaneció así tirada muchos días. Vino un viento que la elevó otra vez y se fue flotando. Flotando. Volvió al suelo hasta que, en un parque, un niño la cogió. Jugó con ella y la tiró. Fue llevada por el aire, hasta que un hombre desesperado que caminaba sin rumbo la miró y la asió "¿Cómo esta pluma habrá llegado hasta aquí?" se preguntó vanamente. Auscultó su corazón y concluyó que podía intentar... Desde aquel día, la pluma está dentro de un tintero, esperando la hora en que él se sienta a plasmar otros mundos sobre el papel.

Segundo Antares
Chile

Náufrago urbano.

Se hizo alcohólico esperando encontrar un mensaje en cada botella que llegaba a sus orillas.

Asesino en serie.

Lo descubrieron por el código de barras.

Bajo Control.

Está todo bajo control… bajo control… muy bajo… muy bajo control… en realidad, se nos fue de las manos.

Backstage.

Estoy acostumbrada al glamour. Desde pequeña estuve arriba de los escenarios. El color, el brillo, las luces… los aplausos son algo habitual y casi rutinario. Después: silencio. Sólo se oye el ruido de mis pies trapeando el piso del teatro y las risillas en los camarines de alguna de las actrices que admiro tanto.

Parricidio.

Cuando el escrito insurrecto subía derritiendo el lápiz, encaramando su líquido letal y corrosivo en la mano del autor, éste se dio cuenta que ya era demasiado tarde para cambiar de título.

Collar.

Para su aniversario de matrimonio le regaló un collar. Así la mantendría sujeta a la puerta del armario cuando vaya a ver a su amante.

Un zumbido en la lejanía.

Luego de cuarenta años, había retornado a la casa que fuera abandonada después de la muerte de mi abuelo. Al cerrar los ojos, en mi memoria todavía aparecía el pueblo junto al bosque natural, que ante mis ojos de quince años constituía un paisaje realmente hermoso.

Ya en aquella época, en el silencio del lugar se percibía en la lejanía el zumbido de las moto sierras, que en esos momentos los pobladores escuchaban esperanzados, pensando que de esa manera, aumentarían la superficie disponible de tierras para el cultivo.

¿Que había sido de todo aquello? Ahora lejos, muy lejos en el tiempo, era una región invadida por el desierto, en donde el silencio proyectaba sobre mi alma, rayos intensos de sombría desolación.

De pronto, mirando todo aquello, percibí como que el viento me traía nuevamente aquellos zumbidos, que mágicamente se fueron convirtiendo en la enérgica voz del abuelo, cuando argumentaba ante esos incrédulos agricultores, que nunca debía realizarse la depredación indiscriminada del hábitat natural.

Daniel Mauricio Montoya Álvarez
Colombia

La Ilíada.

Después de leer la Ilíada, conmovido por la muerte de Héctor —su personaje favorito—, la pérdida irremediable de Helena del corazón de Paris, y el desastre de los troyanos a manos de la victoria de los griegos, el ciempiés, inmóvil, permaneció agitado en gran manera viéndose cada uno de sus tobillos, mientras pensaba profundamente en Aquiles.

Los dos moribundos.

Marx Twin entendió que debía morir. El verdadero sentido de su paso por la tierra no radicaba en su existencia sino en su muerte. Había dedicado gran tenacidad a los abundantes espacios que hacen un hombre se mueva, respire, vea una mujer y luego no deje de soñarla o, simplemente, se sienta feliz aun inacabado. En consecuencia, contrario a las estadísticas de sus emociones, no halló un lugar tranquilo en ese tipo de conductas. Vagó, se afligió, buscó refugio en la invocación de la divinidad, y fue entonces cuando concibió la idea de morirse. Se marchó camino al desierto, anduvo durante tres días sin agua, y en la última noche, ya moribundo, contradiciendo su idea primaria, desistió de alejarse de este mundo. Con el mínimo fulgor de voz aún en su garganta, imploró al cielo su salvación. Gimió durante un buen tiempo. Cansado, deshecho, con la certidumbre incuestionable de la desilusión, mientras su cuerpo se esforzaba en la resistencia inútil de apretar los espejismos de hilo que nacían a su alrededor, renegó del actuar de aquella divinidad a la cual había servido durante sus últimos años. Al mismo tiempo, cuando Marx Twin ya cerraba los ojos, en el cielo, Dios conmovido en gran manera, estaba pensando y escogiendo las palabras precisas para hacerle entender a su hijo recién llegado su proceder. Por aquél desierto, muchos años más adelante, pasaría un hombre a punto de morir, y gracias a él, Marx Twin, gracias a los nutrientes de sus huesos, un arbusto de delicados frutos salvaría al hombre que iba camino a libertar un pueblo.

Mausoleos.

En el cementerio central de la ciudad amaneció un día un colosal mausoleo en cuya inscripción de mármol aparecía, sin fechas de ninguna clase, y en letras mayúsculas: DIOS. La población entera acudió a ver el prodigio, y un curioso encontró en el suelo una rosa de papel, con una firma de excelente caligrafía: <<Nietzsche>>.

De ahí en adelante la ciudad acudió todas las tardes al monumento a poner velas, y rogar al sepulcro del Altísimo un milagro.

La tentación.

Los fariseos, buscando sorprenderlo en alguna palabra, acechándolo, enviaron espías que simularon ser justos para levantar contra él argumentos falsos, a fin de entregarlo a las autoridades.

Maestro bueno —le dijeron— sabemos que enseñas la rectitud y el camino de la verdad a los hombres, y eres justo. Pero en qué se afirma tu autoridad, ¿crees en Dios o en la teoría del mono?

Él los miró fijo a los ojos, tranquilo, repasó el rostro de los diversos oyentes, y respondió sin dudar:

—Los caminos de la divinidad son inescrutables: Dios creó al mono.

Al paso.

El joven empleado sabía que iba a llegar tarde a la reunión y aceleró el paso. El sol le mordía el cuello y el sudor le corría por debajo de la camisa con violencia. De una casa salió un hermoso chihuahua a ladrarle. El perro le ladraba de frente como si no quisiera dejarlo pasar, y el joven, enternecido por la fiereza del animalito, antes de cada paso dejaba el pie suspendido un momento en el aire por miedo a pisarlo.

—Me huye, sí, me tiene miedo —pensaba mientras tanto el chihuahua.

Iluminación.

Después de la tierra ser arrasada por la devastación, el hombre se sienta en una piedra. Contemplativo, se da cuenta que un insecto, no muy lejos suyo, parece devolverle la mirada. El hombre, impaciente por la quietud del animal, piensa rabioso: <<Vamos, muévete, haz algo; a través de la historia se sabe de grandes ideas de los sabios prodigadas por los animales. Vamos, haz algo. >>

Mientras tanto, el insecto pensaba lleno de cólera: <<Vamos, muévete rey de la naturaleza, ve a algún lugar o invéntate algo para seguir tu ejemplo. Sólo quedamos tú y yo. Inspírame. >>

Tatamén.

El tatamén es el más indefenso de todo el reino de las aves. Por su canto alegre lo consideran el ave de la paz, y por lo sonoro de su nombre lo repiten como un agüero: <<tatamén, tatamén, cuida esta noche de mi viudez, tatamén, tatamén, no alargues la espina de los jóvenes, no cantes a los cirios heridos de penumbra, tatamén, despierta tatamén, óyeme esta noche sola, esta noche clara.>>

Pero el tatamén ni es ave de paz ni diosa de los milagros. Si llegaran a verla de verdad, no sólo por lo que dicen los libros acerca de ella, quizá cambiaría la visión sobre su aspecto imaginario. Parecido a los alcatraces, sus alas son más grandes que todo su cuerpo, pero a diferencia de estos, sí le sirven para volar. Se eleva altísimo como las águilas pero con poco domino de vuelo. Cuando se encuentra a punto de ser cazado en el aire, sus patas y su pico, nadie sabe cómo, se unen, sus alas se cierran, y el tatamén queda con la forma ligera de un globo de plumas, y se deja llevar por el viento hacia el infinito del cielo.

He ahí la razón de su extinción.

Alcides Rojas Gil
Venezuela

La mirada del eunuco.

Lo creí un espécimen extinto. Hacia mí camina una de mis perturbaciones más morbosas, casi grito que aún vivía. Lo conceptualicé mal, indiferente a su destino; obviamente me equivoqué. Lo reconocí por las tetas, bailarinas al ritmo de la panza. Era el perfecto cóctel de lo que no se sabe qué es. Pasó a mi lado con rasgos de matrona y un andar firme, con una mirada semejante a la de mi padre y la papada idéntica a la de mi madre. Era un fabuloso cruce entre la Venus de Willendorf y un Sumotori. Sus movimientos eran estudiadamente naturales, cómo si los demás pudieran verlo como a alguien normal. Nadie lo asumirá como un ser humano.

Jamás presumí tanto sufrimiento contenido ni tanta capacidad para exprimir mi maldad. Yo era una sanguijuela y chupé el reflejo de un odio masculino y femenino; una extraña suma. El respeto que trató de imponer aquella cosa ambigua, me causó gracia. Sus mecanismos de defensa tuvieron que haberse activado ante mi inquisición sádica. Fue placentero preguntarle, ¿qué eres? y reír ante su confusión. ¿Le gustará estar encima de una mujer o poner el culo? Si enamora a una chica, ¿esta le preguntará si usa sostén? ¿Acariciará y chupará sus pezones quien lleva a la cama? Y si tiene hijos, ¿alguna vez le habrán visto el pecho con gula? Cuáles serán las proporciones en que dudas y frustraciones formatearon su psiquis, ¿será también eunuco su mente? ¿Será eunuco mi mente? ¿Habrá pensado en suicidarse?

Debe ensayar máscaras frente al espejo, cada vez que se baña y nota que es una abominación. Yo lo he notado en mí y ahora no sé si él no es más que una disociación. Por más que trató de disimular, sé que el dolor que pretende dormir, saltó. Lo desperté, estoy seguro que deseó desaparecer o que yo me esfumara, caminar rápido para salir del campo de acción de mi mirada. Se sintió, en ese momento, desnudo.

Cómo quisiera penetrar su subconsciente. Quisiera tomar y lamer la espuma de su amargura pura, disfrutar de ella como si fuera una cerveza saturada de lúpulo.

Inmóvil.

Se sentía desnudo, lo asía el miedo. El instinto se sobrepuso, dejó de ser una estatua. Quería vivir, comenzó a correr, el terror se desprendía de su piel como conchas de hielo. Aquello que deja la tarde y se desprende de la noche, reclama su carne, tiene sed de su sangre. Oye, huye. Una voz lo sigue con un ropaje nebuloso, trata de halar su vida. La brisa y el humo copulan, van tras él, reclaman su alma. Una luz abre la espesura, divide las tinieblas. Sus haces lo tocan como un pulpo. Está cerca, sólo tiene que correr un poco más para caer en la trampa.

Es presa de una circunstancia, de la oscuridad y de la mala hora. La luz es una fuente en la que puede sumergirse, pero en la que es más fácil verlo, la esperanza que nunca se aparta de los perdidos. Cree que el brillo enceguecedor de aquel faro, puede detener a las penumbras que lo persiguen. Al fin llegó, está en medio de la claridad. Exhausto, cae al suelo.

Una nube y el viento, juegan con la luna y sus extrañas deformaciones. Qué hermosa y tenebrosa es la muerte bajo su égida. Se equivocó, esto sólo es una capilla ardiente. Siempre estuvo perdido, ya las sombras le habían hundido las uñas, el frío hace mucho que tomó su boca y congeló su aliento. Cierra los ojos, se zambulle en el abismo, se lo lleva la nada. Para siempre, será de noche.

Rocío Yunuén Rodríguez Prado
México

Caníbal.

Yo soy cazador desde siempre. Pero cazador de verdad, no fantoche sin amor por la naturaleza. Me encanta andar en el monte, en el bosque, en el llano, tengo mis perros de presa ¡y hace poco me conseguí un halcón harris y una peregrina!

El ojo se entrena solito a ver cualquier movimiento entre las piedras o el matorral, ¡incluso a distancia! Y el primer impulso es calcular el tiro. A veces hasta hago la finta de apuntar con la escopeta aunque ande manejando. Lo malo es cuando voy de guía con algún grupo de biólogos que se me quedan viendo con cara de pocos amigos.

Sólo una vez en toda mi vida he sentido feo por matar un animalito. Andábamos mi compa y yo en la selva de Veracruz, por una rivera. Yo iba embobado con la cantidad de lianas y pájaros, y los árboles altísimos y tupidos. De pronto algo se movió entre las copas y ¡PJUUUM! Mi compa disparó.

Cayó a nuestros pies un changuito. ¡Vieras qué impresión! En lugar de chillar o retorcerse, el changuito agarraba palitos del suelo con sus dedos y se los ponía en los agujeros del cuerpo donde veía que le brotaba sangre.

Hasta volteé la cara cuando mi compa se acercó y ¡ZAZ! Lo remató de un cachazo "¡Ya cenamos hermano!", me dijo… "¡Cenaste!", le contesté. "Yo no soy caníbal".

Oscar Luis Bernasconi
Argentina

Hada Salvaje.

En aquellos años la casa siempre estaba linda. El jardín tenía muchísimas flores. Había un caminito serpenteante que empezaba en la puerta de entrada de la vereda, atravesaba todo el jardín y llegaba hasta la puerta de acceso al recibidor. A ambos lados de este, mi madre hacía increíbles canteros donde sembraba flores multicolores que en primavera eran la envidia del barrio. El resto del jardín tenía un pino azul, un pino enano, tres cipreses y un arbusto que no recuerdo su nombre pero que daba unas flores blancas chiquitas y muy bonitas.

Justo detrás de ese arbusto ella orinaba. La había conocido en un partido de bolitas. En un momento en que buscaba concentración para lograr picar la "japonesa" de mi oponente sentí sus ojos guiando mi mano. Detuve el disparo y la observé. Sus ojos eran negrísimos y brillantes, su cabello totalmente desprolijo y lleno de rulos. Tenía un pedazo de tela sucio, descolorido y muy roto haciendo las veces de vestido. Sus zapatillas eran un pedazo de loneta llena de agujeros con deditos que se escapaban. Al terminar el partido la invité a casa a "tomar la leche" conmigo. Le dije a mi madre que me había ayudado a tener suerte en el partido y que los dos teníamos muchísima hambre.

Nunca supimos su verdadero nombre porque siempre lo cambiaba o simplemente se encogía de hombros y no decía nada cuando se lo preguntábamos. Jamás usó el baño. Cuando tenía ganas de orinar se escondía detrás del arbusto, muy cerca de un cantero de calas y allí hacía, salvaje, desprejuiciada, tan natural como un pájaro, o una mariposa. Fue mi amiguita de muchas tardes y mi hada de la suerte en muchísimos partidos. Con ella se inauguró en casa un ritual que impuse y que duró hasta que me interné en un colegio secundario. Todas las tardes llevaba a seis o siete amiguitos del barrio a tomar la leche conmigo, incluida mi "hada salvaje", como yo la había bautizado. Ellos no tenían la suerte de poder tomar la leche en sus casas, porque algunos no tenían verdaderos padres, otros no tenían dinero y otros nunca comían si no estaban en la escuela o alguien les daba algo. A veces, cuando transito por mi Buenos Aires de todos los días veo los ojitos de "hada salvaje" en cada nena que me pide una moneda o me troca una estampita por algún dinero.

Un día, estando detenido en un semáforo un taxista totalmente emocionado me toca bocina para que baje la ventanilla de mi auto "¡Che! Soy Juancito, ¿te acordás?, del barrio, de las bolitas ¡Que panes con dulce de leche y manteca nos hacía tu vieja!" Y lo saludé agitando mis manos, gritándole que sí. Y de pronto, la calle se transformó en aquel caminito de entrada a casa. Y allí, detrás de las plantas "hada salvaje" me espiaba con sus ojitos negros. Y lo vi a Juancito mojando el pan en la leche... El bocinazo del colectivo que tenía detrás me hizo volver a Buenos Aires pues el semáforo ya había cambiado a verde. Puse primera y seguí rumbo a mi trabajo.

Raquel Montiel
España

El túnel por el que paso.

Caminaba por una calle, cuyo nombre es impreciso.

— ¿Qué pasa en este extraño lugar?

No puedo parar de pensar. Llego al semáforo y mis neuronas chocan entre sí, produciendo chispas.

— ¡Quieres para de pensar!, no sirve de nada seguir.

Solo mucho dolor sostiene mi cabeza encima de un tronco inerte, sin movimiento, sin reflejo. Ni siquiera la sirena de un coche de policía puede hacerlo despertar.

Recuerdo las luces parpadeantes de un semáforo que deslumbraban en mis ojos, y ni siquiera así despertaba de mi letargo.

Recuerdo el puente que había que cruzar para llegar a mi casa, casa, pues ya no era hogar.

Yo seguía como una estatua.

Y de repente desperté, mi cabeza reaccionó.

— ¡Será cierto o habrá sido un sueño!

Él me engañó con ella, y ahora yo, aquí estoy, en el túnel por el que siempre paso.

Mi uñas y un monstruo.

Erase una vez una preciada y talentosa conocida, que me hubiera gustado conocer aún más. El por qué, pues eso hubiera querido saber. Simplemente la quería conocer.

Era angustioso, eso sí, pero no había forma de verla, de una vez. Mira que se hacía rogar, por más y por más, y ahí seguía, sin mostrar nada más.

Seguía siendo angustiosa, cada vez una poco más, no entendía… ¿Pero hasta dónde quieres llegar?

Pregunta tras pregunta y la angustia ahí está, nada que no se va…

Cada día descubría una angustia más, sumando y sumando, buff! Pues cada vez veo más, y de repente, ¡hasta veinte pude encontrar!

No pienses que me pude alegrar, es más… mi angustia creció aun más…Y de repente… ¡Un monstruo grité al aire! Aquí te espero, aquí sin más. Te quiero, te necesito, ¿cuándo vas a llegar?

Pues un susto bien grande dame, ¡no tardes más!

A esas veinte angustias quiero destruir ¡ya!

Ven a ayudarme pronto y no me las morderé nunca más.

La estrepitosa caída de Superman.

Con capa roja y vestido de azul, la "S" protagonista de mi camiseta, hoy brillaba más que nunca.

¡Allá va Superman con su brazo extendido!

El rascacielos tenía veintidós plantas y en los espejos exteriores podía ir viendo como la postura de mi caída estaba siendo perfecta.

Cuando iba por el piso dieciocho apareció Batman en su Batmovil, con su traje negro recién planchado por su ayudante Robin, ese personaje que siempre aparece cuando el superhéroe está en un grave apuro.

— ¿No crees que tu caída está siendo mal calculada? ¡Si no te das prisa no te dará tiempo a remontar el vuelo y caerás en picada! —exclamó Batman.

— ¡Eso es lo que quiero, caer cuanto antes al suelo!, pero mi capa está provocando que mi caída sea demasiado lenta—contestó Superman.

— ¿Pero es que quieres estrellarte? —preguntó Batman.

— ¡Sí, justo es eso lo que busco! Pues ya no genero ningún interés a los niños como superhéroe. Ni siquiera compran mis comics. Deprimente.

— ¡Tú decides superhéroe! —dijo Batman. Y se alejó.

Cuando Superman ya se reflejaba en la ventana número catorce, apareció el Capitán América, vestido de azul y amarillo y con una velocidad imperceptible.

— ¡Amigo Superman!, ¿necesitas ayuda? ¡Tu caída parece incontrolada, igual has tenido algún contacto con Criptorita y eso hace que no levantes vuelo! —dijo el Capitán.

— ¡Nooo!, ¡lo que necesito es estrellarme cuanto antes! Si no me hubiera puesto la capa, ya habría llegado hace un rato.

— ¡Bueno tú decides superhéroe!

Ya iba por el piso número diez, y de repente se escuchó un fuerte ruido. Resultó ser la boca de incendios colindante a mi edificio de caída. El agua empezó a salir con tanta presión, que consiguió llegar a la altura en la cual yo me encontraba, paralizando así mi descenso.

¡Vaya!, todo son inconvenientes. Pensaba que iba a ser mucho más fácil estrellarme con el asfalto. En mis comics siempre aparezco boca abajo, con las extremidades extendidas y un sinfín de comillas exclamativas que reflejan el fuerte sonido del golpe. Y al lado un bocadillo donde se puede leer ¡Plooff!

Seguía paralizado como si de un colchón de agua se tratara, y pronto se escuchó la sirena de los bomberos, para solucionar el problema que estaba impidiendo que mi caída concluyera con éxito.

Cuando llegaron los bomberos para arreglar la boca de incendios, pudieron comprobar que había un hombre sostenido en el aire por la fuerza incesante del agua. Pronto cogieron una manta que sostenían por los extremos entre ocho hombres a la vez y así amortiguar el impacto de mi caída.

— ¡Oh no! ¡No lo puedo creer, no necesito la ayuda de esos hombres que hay ahí abajo! ¡No os preocupéis por mí amigos! ¡Soy Superman! —grité.

Los bomberos comprobaron que colgaba una capa roja en mi espalda y enseguida decidieron su retirada, pues Superman nunca necesita ayuda..Menos mal que se ha ido, pues ya falta menos para poder estrellarme con tranquilidad ¡Esta maldita capa!, nunca pensé que me servía de tanta ayuda. Ahora estaba siendo un gran estorbo.

Me encontraba por el piso número siete y podía ver casi el final de mi viaje ¡Por sorpresa!, escuché unos fuertes sonidos ordenados y de inmediato pude averiguar que se trataba de los pasos gigantes y pesados de una gran masa verde. Mi amigo Hulk.

Me sujetó con una de sus enormes manos para impedir así que siguiera cayendo.

— Superman, ¿has vuelto a tener problemas con la Criptorita?, pues veo que has perdido todos tus reflejos—, dijo Hulk.

No amigo, simplemente he decidido caer sin utilizar mis poderes. Una solución a la deprimente idea de la caída de ventas de mis comics. Ya no soy lo de antes, cuando todos los niños querían tener mi capa roja al cuello. Y ahora... ¿pero?... ¿cómo no se me ocurrió haberla dejado hoy en casa?

— ¡Bueno tú decides superhéroe! —dijo Hulk.

Su mano desapareció y dejó que mi caída la decidiera la ley de la gravedad y mi incómoda capa roja. Ya estaba por el piso número tres, casi rozando las farolas de la calle.

Cerré los ojos. Apreté mis manos. Presuricé mis oídos. Peiné mi tupé engominado con mi mano derecha. Abracé mi cuerpo.

Y por fin, llegué.

Esperaba escuchar un plof, plaf, ¡ay! No sentí dolor. Abrí los ojos.

A mi alrededor había una inmensa tela pegajosa, una telaraña que envolvía todo mi cuerpo. Spiderman la lanzó justo a tiempo para amortiguar y evitar mi caída.

Pero la telaraña se rompió y caí por la alcantarilla.

Y después de varios golpes en mi cuerpo con unos seres que parecían setas gigantes y de colores, y unos hombrecillos rechonchos y con bigote, pude darme cuenta que estaba en el Nivel número dos de SuperMarioBros.

Desde ese día, los superhéroes nos pusimos a trabajar juntos, y ahora en vez de comics se venden juegos de SuperHeroe para la WII de Nintendo.

Silvia Soler
Uruguay

Crónica del limón.

Con la tormenta el mar trajo a la playa un limón redondo. El mar deja infinidad de cosas en las playas; los madrugadores de cabeza gacha lo saben: el mar entrega lo propio y también lo que le sobra. Deja piedras, caracoles, peces, y en los días de furia devuelve con elegancia la basura en forma de botellas, bolsas, pedazos de juguetes, zapatos solitarios, guantes, ruedas y ladrillos gastados. Si recibe un vidrio de aristas filosas lo retorna suave y curvo, lo deja en el borde y se retira a mirar. El mar es un espejo y un ojo, al mismo tiempo.

Esa mañana trajo un limón intacto, amarillo, como recién sacado del árbol; un limón con olor a mar que terminó en la mesa de casa, partido al medio para una limonada. Pobre, tanto andar para acabar cortado en dos y desangrado. Porque antes de ser limonada ese limón viajó en barco, pienso, tal vez en la lancha pequeña de un pescador artesanal o en el gran transatlántico. Podría ser el limón de un pescador que se gana el jornal embarcado en un bote anaranjado o el limón de un buque mercante taiwanés repleto de conteiner. Como sea, por alguna razón cayó al agua y vino a dar a la playa. Tal vez la barca dio un cimbronazo, la caja con la vianda del pescador se abrió y el limón saltó al mar. Maldijo el pescador la mala suerte, revisó que el resto estuviera en orden y siguió remando cada vez más lejos del limón que galopaba de onda en onda hacia la orilla. O quizás, al cocinero del barco taiwanés se le resbaló de entre las manos. En un segundo de distracción el limón rodó por cubierta, rodó y rodó, hasta encontrar un agujero y se fue al agua. Cayó con fuerza, se hundió con el impacto, pero no tocó el fondo porque un limón, por liviano, no toca fondo y después asomó a la superficie y flotó. Como un náufrago desesperado alcanzó la orilla y se quedó de panza al sol hasta que alguien lo cortó en dos.

Pensar que ese limón fue primero flor blanca y luego fruto pequeño, verde, insignificante. Un agricultor o la mujer del agricultor lo miró y lo cuidó cuando tenía el tamaño de una nuez, alguien lo vio ponerse cada vez más amarillo hasta que se hizo adulto y estuvo pronto para vender. Marchó al mercado con un montón de limones muy parecidos a él, todos ellos compañeros de peripecia. Algunos terminaron en restaurantes caros cortados en dos, en cuatro pedazos; otros se pudrieron de esperar y los patearon los niños de la calle como pelotas.

Ese limón indefenso en la orilla del mar y su historia fortuita me recuerda la incertidumbre de vivir, de ir y venir de una casualidad en otra, de pasar de mano en mano sin saber cómo ni cuándo, de quedar a la voluntad del agricultor, del marinero y el caminante, del azar. Este, el de la playa, se subió a un barco, sobrevivió a la tormenta, perdió el jugo a la hora de la cena, y solo logró salvarse en esta historia.

Lady Laura Liriano Balbi
República Dominicana

Ella.

Así la recuerdo: sentada en el sofá, cansada de entregar sueños, con la mirada perdida en el techo. Murió sin sentir que la amaban, pero amando descubrió la verdadera esencia de su ser.

Encadenada a un sistema que no pertenecía, pero del que la sociedad la hizo parte. Aprendió a vivir, sin vivir. Su verdadera vida comenzó con la muerte. No fue feliz, pero hizo feliz a muchos.

Un día de mayo salió del hospital con los resultados de su destino en un sobre. Pasó frente al prostíbulo donde trabajaba y se preguntó: ¿vale la pena quedarme? inconscientemente llegaron imágenes a su mente: violación en su niñez, estudios sin concluir, burlas, arrebatos, los rostros de los enfermos en el hospital, el hogar que nunca tuvo... el momento crucial: estás enferma.

La abracé cálidamente, queriendo apartarla de la realidad que le tocaba. La abracé tantas veces que solo recuerdo que la abracé. Huyó.

—No podré ir a trabajar hoy—dijo al dueño del negocio—hace meses que no me siento bien. Las faltas aumentaron. Los estudios médicos también. La respuesta: tienes cáncer. Su respuesta: moriré.

Así la recuerdo. Así nos conocimos. Visitaba el hospital a menudo. Estuve presente en cada una de sus horas. Luché, aun sabiendo que no había ninguna esperanza de recuperación. Lo único que logré fue surtir su historial de licencias médicas que la mantenían alejada de su labor.

Alegría falsa, tacones, mirada triste, colores vivos, naturalmente bella... así es, así la recuerdo. Su nombre es Amanda. Soy su doctor. Y hoy puedo confesarlo: me enamoré de ella.

Face.

Era él. A pesar de la distancia lo reconocí. La imagen mental que tenía de mi hermana y su ex novio la presencié de nuevo, solo que ahora Saly no participaba. Era la misma escena con diferentes personajes. El patán tenía las manos en el rostro de su próxima víctima. Pasó lentamente los dedos por cada espacio de su cara. Besó su frente. La miró fijamente. Imaginé lo que pasaría: llegaría el beso final de conquista y la ataparía. Debía actuar.

Me dirigí hacia ellos con la certeza de que saldría victorioso. Me detuve.

Debía elegir las palabras adecuadas. Preparé un discurso emocional que lo hiciera sentir culpable. Continué caminando. Mientras me acercaba mi próxima víctima me miraba asustado. Lo había conseguido: mi actitud de estrella de la WWE lo había intimidado.

—"No es lo que piensas" —me dijo la nena cuando llegué al escenario.

Su voz me era tan conocida como la mía; volteé mi mirada hacia ella.

Descaradamente mi nena repitió la misma frase. — ¡Qué capacidad de desvergüenza!, pensé—. Sonrió con un nivel elevado de hipocresía y puso en el bolsillo de mi camisa dominguera una nota. Se marcharon. Me marché.

Aun conociendo las circunstancias en que culminó mi relación, no logro interpretar la frase que adorna el último recuerdo que me dejó: "Fuiste mi Hi5, ahora estoy con Facebook".

Ricardo Arnó Vinardell
España

La pesquisa.

Cierra los ojos para vivir. También para matar. En esto es el más fuerte, pues aquél sólo cierra los ojos para dormir y ni siquiera su sueño le reporta consuelo alguno. No obstante, sabe perfectamente que, a partir de aquel día, su vida ya ha cambiado por completo pues no puede eludir aquello que le ha sucedido. Sin embargo, y solamente dependiendo de su decisión, ¿podrá realizar aquel cambio? No depende de nadie más que de él mismo. Él se ha ido, no cree que vuelva.

Cómo le cuesta levantar al amanecer su inquietado cuerpo guiado por sus pensamientos. Lo único, y no sabe ni el porqué, se levanta cada mañana intuyendo algún porvenir incierto y esperanzador.

Por costumbre, se viste, desayuna y empieza la melodía diaria. En el conservatorio y acariciando las cuerdas, cierra los ojos para vivir—¡Qué bonito y maravilloso! —piensa. Esa armonía le produce vida, le suscita infinitos lugares y pensamientos únicos. Pero aquel día algo más se lo produce. Aún no está seguro y, en consecuencia, sigue sus melodías… un día, una semana, un mes, un año, otro... Y, sigue cosechando consuelos cada vez que cierra los ojos pero, desde aquel día, leía una nota disonante en su vida. A su vez, es más débil cada vez que los cierra. Pierde energía cuando, en sus pensamientos, intenta aniquilar, matar, destruir aquello que le hacía tan fuerte. Entonces, siempre piensa, se detiene, se toma un café. Busca un atajo. No lo encuentra. Creía pero, no sabe. Pues sufre. Es así, él sufre. Pobre.

Desde aquel día, al ver a su querida madre llorar tan desconsoladamente, reacciona lentamente como si de un desbloqueo se tratase.

A sus veintidós años, su mundo ya no es suyo. Se lo han arrebatado. Ahora su mundo es el mundo. Un esfuerzo doloroso le provoca el pausado cambio que sabe que algún día le hará capaz de entender.

Su hermano ya no vuelve. Siempre lo ha sabido. Siempre cierra los ojos para vivir. Siempre acaricia la guitarra para recordar. Pero, he aquí que, después de siete años de cerrar los ojos y vivir, ha comprendido que para morir ha de cerrar y para vivir ha de abrir. Ahora es capaz de vivir y no de haber vivido.

Más tarde, pero aún no, tal y como siempre ha intuido, volverá a vivir lo vivido. Quizá no en su mundo. Quizá no en el mundo.

Jesús Ballaz Zabalza
España

El solitario.

Andrés era un hombre solitario. Su vida transcurría entre el silencio de su casa y los chopos de la margen izquierda del río. El hombre, ya retirado, solía pasear solo hacia el mediodía, cuando el sol tenía más vigor y caldeaba sus escuálidas carnes.

Pero aquel día se le vio ya al amanecer por la ribera del río. El viento jugaba con las copas de los chopos. Las mostraba verdes o plateadas, mientras sus sombras cubrían las aguas con un manto oscuro.

Andrés, contra su costumbre, no cesaba de hablar. Si alguien le hubiera visto pasear, hubiera dicho que hablaba solo. Pero él tenía la sensación de que le acompañaba una presencia discreta y cálida que nunca había advertido. Le contó muchas cosas. Acabó hablándole de La hora del diablo, un relato de Pessoa que había leído la noche anterior, en el que el protagonista no resultaba tan antipático ni tan maligno como lo presentan.

—Tal vez no lo sea, a pesar de lo que nos han hecho creer; quién sabe—dijo Andrés a su invisible acompañante.

Éste asentía, o al menos, no le contradecía.

La mañana se le hizo corta y agradable al paseante solitario. Hablar no estaba tan mal.

Cuando el estómago le avisó de que era hora de volver casa, echó un vistazo al reloj. Estaban al filo del mediodía. Miró a su lado. No había nadie. Su acompañante se había esfumado.

Andrés había ido hablando con su sombra. Ésta había empequeñeciendo hasta el momento en que el sol cayó en vertical. En ese momento, ya no eran dos, él y su sombra, sino que ésta había desaparecido porque coincidía con el espacio donde pisaban las suelas de sus zapatos.

Te odio.

El aventurero abrió los ojos. El sol lo seguía atormentando. Tal vez no habría dormido ni un cuarto de hora. Su sombra seguía echada a su lado. Por primera vez desesperó de salir con vida. Se iba hundiendo en el desánimo.

De repente, vio a un jinete en su camello. No daba crédito a sus ojos.

« ¿Quién puede aventurarse por estos desiertos con este implacable ardor de sus arenas?»

No era ningún espejismo. Pronto lo tuvo a su lado. Le dijo con gestos que tenía sed y el hombre le señaló sus odres vacíos.

Ni se bajó de su montura. Se marchó indicándole que esperara. Eso fue lo imaginó que le decía. Pero no le creyó. «Ese maldito me abandona ¡Miserable!», masculló.

El aventurero se preparó a morir pero antes quiso dejar constancia de su rebeldía. «Te odio», escribió sobre la arena. Esas dos palabras le quemaron la yema del dedo con el que trazó las letras.

Estaba tan postrado que se volvió a adormecer. Oyó unas ráfagas de viento y se envolvió en las mantas, como si fueran su mortaja, para esperar la muerte.

Le despertó una mano posada sobre el hombro. El beduino que había visto antes le ofrecía una calabaza llena de agua.

Antes de tomarla en sus manos, en un gesto arrepentimiento, intentó borrar lo que había escrito, pero una pezuña del camello pisaba las dos palabras.

Bebió hasta saciarse. Después el hombre del desierto le dio otra calabaza y le indicó que muy cerca, tras la próxima loma, había un pequeño oasis.

El aventurero nunca podrá saber si esas dos palabras las había borrado el viento o las habían destruido la pezuña del camello y el perdón del generoso beduino.

Andrés Ricardo Carvajal Castro
Colombia

Ella.

El lienzo yace al frente de ella y ella continúa su obra. Teñía de carboncillo el cuadro y este la teñía a ella. Se extraviaba en la obra y ella se extraviaba también. El dibujo se creaba pero no se reflejaba en sus ojos a pesar del titilar de sus lágrimas, le tomó años gestarlo pero no la complacía.

Comenzó a desesperarse, asentaba cada vez más el grafito. Era un hombre lo que pintaba. De repente una leve inclinación y el lápiz mancho de más la gráfica, era un lienzo a la altura de su cuerpo y ella comenzó a destrozarlo usando el lápiz como navaja, rompió completamente la obra, sus manos ya no eran negras sino rojas, las lágrimas caían.

Ella levantó el rostro porque la luz entraba por los agujeros que ella provocó. Una mano humana se materializó. De repente un rostro. De repente un cuerpo. Un ser desnudo salió de los despojos del cuadro. Ella yacía desnuda también. Solo rojos y negros en su blanca piel. Él toca su rostro, besa sus labios, palpa su cuerpo, se aman, ella sonríe, al fin después de tantos años creando su obra. Él le dice: —Debes terminar tu pintura—y se va. Ella continúa sonriendo, toma el grafito, apoya un nuevo lienzo y dice:

—De acuerdo, comenzaré de nuevo—.

En la espalda de una semidiosa.

El amanuense viajaba. Surcando desiertos con sus tormentas de arena y monstruos que tal vez aparecerían en las gélidas noches del Sahara con un libro en la mano, el cual debía ser usado para un solo fin.

Llega al palacio de estatuas egipcias, cruzando el vestíbulo llega a la habitación de la doncella. Con un busto de Bastet en la parte superior.

Revela ella en los velos de su cama la perfección de su cuerpo,

Él amanuense se baña en la tina de la habitación real.

Ella desnuda le llama con una mirada que se desdibuja en su dedo índice.

Él llega hacia ella y suavemente revela la nívea espalda de la doncella.

Ella suspira estremeciendo su cuerpo como las avalanchas estremecen a los Apeninos y él suelta los amarres de su libro y recita suavemente al oído el libro, el cual era el papiro que debía ser utilizado para ser leído en la espalda de la semidiosa, la cual, en su noche final como humana se entregaría a un mortal cualquiera para alcanzar luego la inmortalidad. Terminado el poema se convierten en uno, y así el deseo es conjurado, en una gélida noche del Sahara.

My Eve. (Inspirado en Eve de Tetriconia)

La dama se levantó de su cama y comenzó a interpretar su réquiem mientras la luz naciente de la madrugada empezaba a perder su hermoso tono azul.

En un lugar sin tiempo en el que ella solía vivir donde las eras pasaban sobre ella como las notas interpretadas magistralmente por la tesitura de su voz, el ritual posmortem iniciaba, una guitarra clásica se asomaba con su sonido abriendo un portal donde la dama caía en un vortex aterrizando en un dulce lago negro, ella abría sus alas pero el lago la hundía hasta convertirla en las cenizas de una mujer poderosa que no sabía quién poseía su alma. El melodioso cantar de una desconocida fuente sonora la hacía ignorar la maldad inherente en el fondo del lago. Cuando llega al fondo comienza a flotar y un halo titila, la presencia le entrega a ella una daga y las alas de ella se despliegan revistiéndose del blanco. El tono de su voz regresa, alcanzando una nota altísima, sus manos manejaban la daga que ella atinaba hacia el incierto, el rojo la teñía, hasta que se hundió en él y su voz sucumbió con ella cerrando las alas y arropándose en los velos de su cama.

La luz amaneció tiñendo de claridad un halo que alumbraba la mesa de la dama, sobre ella yacía el croquis de un hermoso traje rojo, la dama se desviste de su batola de seda, se coloca su blusa con toques victorianos, se coloca su blue jean y ase su obra disponiéndose a ir a su clase de diseño donde seguro pasará el parcial.

La habitación del alquimista.

El vapor surge del molde de la muñeca súbitamente al ser sacada por Petrov del horno, y justo después de ser mojada surge su piel.

Petrov la deja enfriarse, el eterno aliento de Rusia asiste en esta labor. Ese frío asesino que es mejor atender encerrado en oscuros calabozos de piedra, afuera el frío mata, y si no, lo hacen las armas de los nazis, eso Petrov lo sabe bien, por eso duró encerrado mucho tiempo, creando su obra maestra.

Bien se sabe que el arte es lo único que puede salvarnos de la ignominia, más nunca de la guerra. Las armas hacen más que los pinceles, pero a Petrov solo le importaba vivir, y darle vida a su muñeca, a la cual llamó Selma.

Cabello por cabello fue adhiriendo a su cabeza con pinzas, la muñeca gemía, vivía, es increíble. Petrov tenía el alma que todo artista tiene, el alma de un alquimista, y Selma era su muestra de la inmortalidad, al terminar de pegar los cabellos Selma lo abrazó, y Petrov la besa, fundiéndose un momento en calor en esa gélida Rusia.

Después de amarla, pasa sus manos y seca a su muñeca, dejándola limpia e inmaculada, con un mirar melancólico y vivo en sus vidriosos ojos falsos. De repente las bombas arrojaron a estas almas de nuevo vivas al suelo, dejándolos sucios de nuevo en el suelo, mojados ahora de polvo, hollín, nieve y rocas.

Las SS entran a la habitación del alquimista, llevándoselo a él arrastrado, este extiende la mano pero no alcanza a palpar a Selma que lo sigue mirando con los ojos melancólicos y falsos. Ella queda ahí, en el suelo, sucia, pero con cierto fulgor del alquimista, queda limpia, en medio del sucio cuarto y de una Rusia manchada de pólvora y sangre, y de repente, la inercia la lleva a recostarse un poco y quedar eternamente tendida ahí.

Lluvia en Atenas.

Aquiles luce hermoso e impotente, su talón es eternamente penetrado por la flecha de Paris, yaciendo a vista de todos, siendo horadado por la humillación de la supuesta gloria de ser mármol horadado por manos humanas, tal vez por un escultor que deseó ser Dios, y murió en sus martillazos.

Briseida lo observa desde el Olimpo, los Dioses le dieron cabida en su palacio al ser siempre la abnegada, aquella que solo esperaba a Aquiles en su lecho para que él se despojara de su grandeza y fuera humano por sublimes y tristes segundos antes de la muerte y el horror de ser Aquiles.

Afrodita la besó en su niñez y le dio la belleza que necesitaba para ser la consorte de un semidiós. Atenea la premió en con la sapiencia y le donó sus habilidades de ser omnisciente por un día, así que por un día Briseida fue Atenas, y ese día llovió en Grecia, más que el día que llovió en Troya por la muerte de Aquiles

Briseida surgió de las nubes, vestida en una túnica blanca hecha con un beso, su boca divina besó el mármol, y de la estatua surgió Aquiles, dejando abajo sus pies rotos, y flotando hacia el Olimpo con Briseida, para amarse como solo los Dioses deben amarse, en un eterno día de grandeza, en una eterna vida de humanidad.

La Certeza de Ulises.

"No son solo atunes. Son ofrendas de mi gran confidente Poseidón, el cual he vencido con mi arrogancia y traigo en mis hombros a sus hijos, humillándolo con la derrota ¿Acaso no es grande aquel que derrota al mar mi Atenea? Ese mar que navegué para conocer a Hades y burlarme de él, montado en Caronte por ese Estigio.

Ni Caribdis ni Escila pudieron detenerme, mucho menos el fuego de él, ni el de los rayos de Hefesto, ni el de las llamas de Zeus, ese fuego que surge de las nubes que braman con su ira. Solo tú, mi eterna amada, más eterna que Penélope puedes darme la certeza que ningún otro cuerpo me dio.

Ni los encantos de Circe que gestó una bestia en mí desgarrándole sus vestiduras y alma. Ni Calíope y sus pacíficos cánticos. Ni Venus, mi hermosa Venus, esa que se transfiguró en ellas. Solo tu Atenea, solo tú puedes darme la Certeza de que aún Penélope me ama."

La certeza es una virtud que solo se obtiene cuando Atenea se la otorga al amante de ella reposando en el cuerpo de la Sabiduría.

Ulises toma los cabellos inmaculados de Atenea y ella gime, hundiendo las uñas que crearon a Grecia en su magnificencia, en los hombros del hombre que batalló contra el cíclope.

Las piernas de Atenea, copulan con aquellas piernas que aún corren por Penélope.

Ulises gesta en la diosa una humana, que al acaecer en el orgasmo, deja en Ulises el don de la certeza, de repente Ulises abre los ojos, frente a él se encuentra Penélope, ungida en éxtasis y amor, y así él obtuvo la certeza, en los campos del amor y la sabiduría. Y supo que su mujer era Penélope y Atenea en una.

Filippo Pirro
Italia

Esperanza.

Penetra la sonda excavadora del Center Rock, en el vientre de la tierra: 100 metros...200...300 sin parada. En preocupación angustiosa, todos tensos, hombres, mujeres, familias, en el desierto de Atacama, acampados desde dos meses, ahora esperan el milagro. Y mientras tanto hombres topo, enterrados vivos a 700 metros, no han hecho morir la esperanza y entonan indómitos abrazados el De Profundis.

No era esta la espera programada para la primera gran alegría de una madre. Recuerda el golpe de puñal, al corazón y a su regazo, a la noticia del derrumbamiento de la mina de San José. La cuna lista volcada por el su correr enloquecido hacia el pozo y la criatura a asustarle dentro.

Entrampados como ratones a la oscuridad, casi dos meses, en las entrañas de la tierra. Impreso a fuego el 4 de agosto, el derrumbamiento, el estallido, el finí mondo y San José—son ciertos de ello, es Él—que los protege y les encuentra un nido, una cueva ilesa y están vivos.

Casi dos meses en una espera espasmódica la mujer ha consumido. Una tele en fibra óptica piadosa muestra al mundo y a ella aquellos 33 héroes sucios pero no vencidos, que luchan, sintiéndose hermanos, a soportar las tinieblas, a racionar los víveres, a no ceder. Y hay su Ariel, lo ha visto en aquel infierno, y le ha gritado a la radio temblando: —¡Vive para mí, vive para la hija que nacerá a días!

Vivos, a 700 metros después de dos meses todavía están vivos. Y ellos son seguros que no ha sido un caso si un estrecho subterráneo con su hilo de aire, casi cordón umbilical, los tiene unidos al mundo de aquellos vivos consternados, en llanto que suplican, que esperan. Ciertamente, la ciencia dirá que para salvarlos ha sido la tecnología del Center Rock, pero por el pueblo ha sido San José que no los ha hecho volverse loco en aquel Malebolge. Sobre, en superficie, bajo el sol de Atacama, la tensión es a lo sumo: la sonda es a 400...a 500 metros, que se abre la calle atornillándose a perforación en el secreto de la tierra.

Pero los días han llegado por Conchita, es el noveno mes. Como una Virgen de los Dolores ella está, el corazón dividido, mitad abajo en el abismo a confortar y a besar a su hombre, la otra mitad a mecer quien ya comprime, ya brama de suspiros de aire y de sol. Entre las punzadas del parir ella se hace fuerza: hay una vida nueva que hace falta acoger y nutrir, fruto de la semilla sagrada de su hombre. Hay el futuro del mundo que hace falta salvar.

600...700 metros. ¡TOCADO! Es un grito inmenso el Chile, y el mundo es una ola que danza y que se vuelve loco: ¡SON SALVOS! Y a uno a uno los treinta tres vuelven a rever las estrellas. Y uno más que los otros corre hacia la casa siguiendo el corazón que le estalla de esperanza en el pecho.

Pesa 3 quilos y 50 gramos, es larga 48 centímetros su Esperanza. ¡Ay, como es bonita, como es gordinflona! Y el padre se la come de besos y en la casa se recompone abrazada una Trinidad. Jamás esperanza fue más verdadera y fue más rosada, más tierna por toda la humanidad.

Gabriel Figueredo
Uruguay

Galbanike.

Esta es la historia de Galbanike un fiel soñador con penas y pasado... pasado amor, vivió mucho tiempo en Arabia y no conocía el amor, solo tenía dos mascotas; un perro que hablaba y un loro que lo criticaba cuando se equivocaba. No conocía ninguna mujer, solo soñaba y así vivía feliz, la luna lo protegía pero le advirtió: Si dejas de soñar te castigaré. Así estuvo largo tiempo, pero un día conoció a Mariedna fue su primer beso y su primera caricia, por ella dejó de soñar se olvidó de las palabras que le había dicho la luna, pero su apego a Mariedna solo duró una semana y la luna lo castigó y caminando se quebró una pata.

Desde ese día Galbanike se fue a vivir a un bosque lejos de desierto, con su perro y su loro vagó por la soledad y no encontró nada igual a su primer amor y aquel primer beso... Luego de deambular por muchos lados llegó hasta una playa cerca de los montes pinos al sur de su corazón y lejos de Mariedna, la pata ya no le dolía y entonces la luna lo perdonó...Un día el destino quiso que conociera a Cecikatoni, pero no la supo conquistar y solo fue algo que le enseñó a vivir, esta vez la luna no lo castigó porque no dejó de soñar, siguió su camino tranquilo y soñando sin amor y sin encontrar el verdadero camino que hacía rato estaba buscando. Hasta que un día cerca de navidad conoció a Veroshabet, por ella dejó todo y ahora más que nunca perro, loro, luna y pasado, sus ojos cambiaron (aunque no para mal) se fue con ella a pasar sus días en las montañas de arena y a la orilla del mar... Ella lo embalsamó de tanto sexo y alcohol, pero Veroshabettambién lo abandonó y volvió a quedar solo y pronto enloqueció de tanta soledad y desesperación, empezó a caminar con las manos y la luna por castigarlo, al querer quebrarle una pata le quebró el cogote y murió balbuceando palabras y con un sueño en la boca... con su perro mirándolo y moviendo la cabeza de un lado a otro y el loro mirándolo y diciéndole; —ya está bien...ya está.

Pregunta:

¿Quién de nosotros no tiene un Galbanike adentro?

Joaquín.

Solo, allá en la rambla, sentado en uno de los bancos al costado de la playa, recordando historias con su amigo se encontraba aquel niño con rostro de adulto.

Joaquín apenas tenía ocho años, y nunca había ido a la escuela, su vida era la calle y nada más.

—Mirá—le dijo Joaquín señalando la gran cantidad de autos que pasaban por allí.

— ¿Cuánto valen?

Su amigo lo miró como entendiendo las palabras... Joaquín siguió conversando...

—Me hubiera gustado que papá tuviera uno como esos, pero como nunca lo conocí no importa. Mamá siempre me enseñó que no importa cuanto tenga, si no cuanto pueda dar a los demás...

— ¡Como por ejemplo a vos!

Su amigo seguía quieto ante estas palabras cargadas de cariño. Mientras Joaquín sacaba un pedazo de pan de una bolsa de supermercado que guardaba junto con el resto de su cena. Apartó la mitad para su amigo que lo miraba con atención y estirando la manito se lo alcanzó casi en la boca. Mientras masticaban el pan, pasó una pareja joven y ambos los miraron extrañados.

— ¿Te gusta? —le preguntó a su amigo, mirando la muchacha que se alejaba con su novio.

—Siempre quise tener una y pasear como ellos, regalarle mis dibujitos y algún poema...que se yo.

Ya la noche era entera y despejada, cuando Joaquín decidió que debían irse a dormir, como siempre lo hacían; inseparablemente juntos.

Se paró con la bolsa de nylon en la mano izquierda y no fueron necesarios más comentarios. Ya que su amigo, en un acto reflejo, lo siguió sin dudar y juntos como dos esperanzas vivas caminaron hacia la playa.

— ¿Sabes una cosa? —dijo con voz tranquila y pausada mientras se acostaba en la arena boca arriba —Pensar que hay personas que gastan un montón de plata para dormir en un hotel cinco estrellas...pero yo prefiero uno de millones de estrellas...

Abrazó a su amigo tiernamente, flaco, de pelo grueso, aquel perro parecía entenderlo, quizás por eso movía la cola sin parar, mientras Joaquín cerró sus enormes ojos negros, y le dijo "hasta mañana..."

Raúl Sanz Castro
España

La extraña criatura.

Una tarde de primavera, John y Ralf decidieron hacer una excursión por el bosque. Una vez llegaron en coche al punto de partida, cogieron sus mochilas provistas de planos, ropa de abrigo y hasta un saco de dormir, y decidieron comenzar su recorrido.

Los dos amigos admiraron con sorpresa el precioso bosque frondoso que estaban atravesando. Un inmenso paraíso natural discurría ante sus ojos. Brillantes jaras amarillentas alternaban con un bosque de coníferas. Centenares de hojas pardas y marrones estaban esparcidas por el suelo. Una dispar fauna habitaba aquél paraje, desde los escasos linces hasta la impertérrita lechuza. Incluso algún ciervo se atisbaba en la letanía. El tiempo parecía detenerse en aquel maravilloso lugar.

Al poco tiempo, Ralf oyó un alarido cercano y se estremeció. Era un sonido agudo, intenso y muy desgarrador. Ralf con miedo, preguntó a su compañero si había oído aquel tenebroso alarido. John afirmó con voz temblorosa, haber oído aquel ruido. Ralf corrió vertiginosamente hacia el punto donde provenía tal estruendo.

Al recorrer unos metros pudo contemplar un antiguo puente romano bajo el cual discurría un río muy caudaloso. Era increíble, pero el puente se conservaba en perfecto estado. Se quedó detenido en un extremo del mismo durante unos segundos y el miedo le paralizó al instante. En el otro extremo se encontraba un lobo de aspecto feroz. La cara desencajada dejaba apreciar unos colmillos afilados y de un descomunal tamaño. Los ojos reflejaban una rabia incontrolada, deseosa de encontrar a su presa para poder salir al exterior. El pánico sacudió a Ralf por todo el cuerpo e hizo que se volviera y huyera rápidamente sobre sus pasos. Se encontró a John que de lejos había contemplado aquella criatura y ambos corrieron a esconderse entre los arbustos.

Estaban muy asustados. Antes de iniciar su excursión, los viejos amigos estuvieron informándose sobre la ruta que iban a realizar: Dureza, duración, flora y fauna de la misma. También comprobaron que las condiciones climatológicas iban a ser propicias para su ansiado recorrido.

Incluso Ralf compró el libro de "Rutas de Senderismo del Parque Natural del Lago de Sanabria" en el que se afirmaba con rotundidad, que los lobos se habían extinguido en el hacía más de una década. Por eso no salían de su asombro.

Transcurridos unos minutos volvieron a escuchar ese terrible alarido. Los dos amigos se quedaron inmóviles hasta que Ralf mostrando dotes de heroicidad, corrió en la dirección del sonido. Se acercó rápidamente al puente y se quedó perplejo. La malévola criatura, corría enaltecido por el puente y de forma asombrosa dio un espectacular salto hacia el río, pero incomprensiblemente desapareció antes de tocar el agua. Atónito, Ralf se frotó los ojos y empezó a pensar que algo sobrenatural acechaba aquel paraje.

Volvió hacia el arbusto en el que aún seguía escondido su fiel amigo y por un momento se calmaron los ánimos. Ralf insistió en continuar con el plan acordado y su amigo le asintió a regañadientes. Nada más cruzar el misterioso puente, se encontraron una enorme pendiente que no aparecía en los mapas topográficos. Haciendo caso omiso, siguieron adelante.

Transcurrida media hora, el camino en contra de lo previsto se bifurcaba. A su derecha aparecía un abrupto sendero de grandes rocas. La senda de la izquierda sin embargo era bastante practicable. El camino era ancho y llano y estaba rodeado a ambos lados por esplendorosas coníferas y arbustos. Optaron por tomar la senda de la izquierda.

Una comitiva irrumpió en el camino precedida por el lobo que vieron en el puente. Gente dispar irrumpía por el bosque haciendo mucho ruido. Se podía vislumbrar a unos bufones con una sonrisa macabra pintada en la cara, soldados medievales mostrando mucho júbilo como si hubieran ganado una batalla y un montón de esclavos en carros con unos pesados grilletes. Tenían todo el cuerpo ensangrentado y con marcas como si hubieran recibido numerosos latigazos.

Ágilmente, los dos asustados amigos se escondieron detrás de unas rocas para no ser descubiertos.

Pero lo más terrorífico de todo es que cuando se aproximaron a donde estaban escondidos Ralf y John se dieron cuenta de que no eran mortales, eran fantasmas que se comportaban como si realmente estuvieran vivos. El lobo tenía los ojos rojos como si del mismo demonio se tratara. Parecía que de él brotara magia negra. Una vez se hubieron alejado a una distancia prudencial, los dos amigos salieron de su escondite, con tal mala suerte que John pisó una rama seca. El ruido producido por la misma fue inapreciable pero de repente vieron como algo se acercaba velozmente hacia ellos. Se dieron cuenta que era el lobo y el miedo les paralizó por unos instantes; aunque consiguieron sobreponerse y empezaron a correr sobre sus pasos. El lobo les seguía muy de cerca, ya casi oían su fuerte respiración.

Los dos echaron por un momento la cabeza atrás y la escena era espeluznante. El lobo poseía un fuego en los ojos, tenía la boca abierta y de ella le caía espuma de forma constante. Ralf y John llegaron a la bifurcación anterior y decidieron rápidamente ir por el camino abrupto.

Al poco rato el terreno se hizo pedregoso y cuesta arriba y el cansancio se apoderaba de los dos amigos. La feroz criatura se encontraba a escasos pasos y decidieron esconderse detrás de unas grandes rocas. Sin darse cuenta la noche ya había caído en aquél tenebroso lugar. La luna llena daba algo de claridad al bosque siniestro. Sin comida, bebida, sin linternas ni móviles, los dos amigos pensaron que su final estaba cerca.

De repente oyeron un ruido cercano. Se quedaron inmóviles pero no tenían nada que hacer. El lobo los había descubierto y se abalanzó sobre ellos, mordiendo en el cuello primero a Ralf y luego a John.Con pesados grilletes en pies y manos, con heridas ensangrentadas por todo el cuerpo pasaron a formar parte de la comitiva, que se dejaba ver las tardes y noches de luna llena por aquel maldito paraje.

Ángeles Franqueira Gómez
España

Las páginas escritas.

> Para Helena, quien nunca ha dejado de lado la Esperanza,
> la que nos ayuda a mantenernos erguidos y felices,
> sabiendo que la ausencia no es el olvido.

Esta tarde he abierto el cajón de tu escritorio con un leve temblor de mis manos y un aleteo en los párpados de sal y humedad de hielo, que quemaba mis mejillas. Había en el ambiente un aire gélido de invierno, y mis dedos inertes no acertaban a sujetar las hojas que en desorden caían al suelo. Una ráfaga de viento golpeó la ventana y esparció por toda la sala las páginas escritas. Me bajé a recogerlas y entre mis dedos revolotearon palabras que no comprendía, signos indescifrables, anotaciones, garabatos incomprensibles, un rompecabezas lleno de mensajes ocultos que deseaba descifrar para recuperar algo de ti.

Por todas partes veo páginas, las que tú has escrito en tus horas de vela, cuando el sol clandestino asomaba en tu ventana y la visión de los árboles del parque te animaba a seguir escribiendo mientras los contemplabas y te traían los aromas que enriquecían tus textos. He leído tus escritos y han seguido surgiendo más y más páginas, como si a cada lectura las palabras tomasen vida y engendraran nuevas palabras. Y la casa se ha llenado de hojas escritas en la lengua que tú dominabas. Era la lengua que amabas y en la que me escribías mensajes de amor y promesas. Y yo, que también te amaba, he querido salvar del olvido el recuerdo.

Riego cada día la planta del balcón al que te asomabas, y crece y crece hasta ocuparlo todo. Si sigue creciendo me impedirá ver los árboles del parque. Acaricio con mimo al gato que, a todas horas, se cobijaba bajo tu mesa, mientras tú te concentrabas en escribir lo que ahora yo intento traducir para despertar el calor que latía en tu mano y el fulgor de la pluma entre tus dedos al deslizarse sobre estas páginas que empiezan a ocupar toda la casa.

En nuestro armario sigue tu ropa. No he querido darla o retirarla. Está ahí ocupando su lugar, el que ha ocupado siempre. Pero hoy he observado que entre los trajes y los jerseys se han colado palabras que se superponen unas a otras. La pi sobre la omega, la yota sobre la tau, en una danza enloquecida.

Ya no sé si soy yo o eres tú el que se mueve entre estas paredes que rezuman palabras y letras. Paredes forradas de letras en griego, alfa, beta, gamma, delta. Sólo sé que tú no estás pero te veo en ellas. Lo ocupan todo, el salón, el dormitorio, la cocina. Ya no puedo dormir porque me oprimen, se cuelan en mi puchero, invaden el salón como una hiedra cuyas raíces no tienen fin, se escapan de los armarios y los cajones sin que lo pueda evitar.

Anoche leí la última página de tu libro y una frase me iluminó: "La esperanza es el sueño del hombre despierto" de Aristóteles. Cuando me desperté esta mañana, la planta del balcón había florecido y el gato dormía plácidamente a mis pies, mientras se oía a María, cantando en la cocina. Abrí la ventana y los árboles del parque llenos de hermosos brotes tomaron posesión de la casa con olor a primavera. Las páginas del libro con sus letras en griego, todas las letras que habían invadido la casa, permanecían sobre la mesa del escritorio, bañado de los rayos matinales y vi en la primera página la frase: "La esperanza es el sueño del hombre despierto".

Eduardo Granados Palma
México

La Herencia de Caín.

Ser asesino en serie en un país de tercer mundo tiene sus claras ventajas. De eso nos aprovechamos con el Paul cuando desaparecimos aquella mosquita muerta igualada. Esa fue la primera vez. David—me dijo Paul temblando aquella tarde—, qué bien se siente todo esto, tenemos que repetirlo. Tenía las manos llenas de sangre y una sonrisa estúpida que nunca le había visto. El cuerpo de la Mary estaba en el suelo; ella todavía con los ojos abiertos y el grito en la boca. Sí, le contesté, esto apenas empieza.

Desde el principio supe que al final tenía que desaparecer Paul. Sabía que tarde o temprano él sería una carga, que no era tan calculador ni precavido como yo. Sin embargo en ese momento era el compañero ideal; los dos teníamos ese instinto que nos hacía cómplices. Mary, la primera que cayó, era alumna del colegio en donde estudiábamos; pero no era de acá de la capital, ella había venido del interior y vivía de huésped en una casa, con otras estudiantes. No era especialmente atractiva, pero tampoco dejaba de tener lo suyo. Paul fue el primero que le cayó en un recreo, ella estaba en cuarto bachillerato mientras nosotros estábamos en quinto. Era tímida y solitaria, y a veces en los recreos se iba a la biblioteca a leer. Por eso también era la víctima ideal. Paul se propuso ser amigo de ella, pero la Mary no le daba mayor oportunidad de acercarse.

Pensamos que con un poco de atención se sentiría halagada y eso podía hacer que cediera un poco. Todos tenemos debilidad por las personas que nos admiran. Y así sucedió, ella le tomó confianza. Entonces no perdimos el tiempo y Paul la citó en el parque que quedaba a algunas cuadras del colegio, y allí los dos la esperamos. Él le dijo que yo iba para enseñarles un lugar muy bonito y poco visitado: una cascada al fondo del barranco. Sería una pequeña aventura que recordaríamos siempre. Ella se tragó todo y gustosa iba de la mano de Paul. Era tan pendeja que se miraba estúpidamente feliz.

Al llegar al fondo del barranco, lo único que había era un río de aguas negras. Nos hicimos los extrañados con el Paul, y nos sentamos en unas rocas de por ahí. Saqué una botella de ron que llevaba en la mochila y tomamos los dos un buen sorbo, ante la mirada desconfiada de la Mary. Cinco minutos después, la golpeé en la cara tratando de que se desmayara, pero la idiota salió corriendo. Fue Paul el que la detuvo sacando el cuchillo de cazador que había tomado de la casa de su tío. Le metió la primera cuchillada en la barriga y giró el cuchillo adentro. La sangre, escandalosa, empapó el uniforme de la Mary. Nos miraba asustada y llorando. Yo tomé el suéter de ella y le tapé la boca y la nariz, hasta que dejó de respirar.

Aunque nos asustamos, estábamos acelerados por la adrenalina. Era una sensación extraña, de poder, de euforia. Saber que podés decidir quién se va y cuándo. Se me ocurrió dejar una bolsita de mariguana en la mochila de la Mary; así al otro día la policía diría que era una drogadicta o narcotraficante, y toda la gente se olvidaría del asunto. La gente en Guatemala protesta en Facebook si en el zoológico le van a dar menos comida a los animales, pero no le importa mucho si se muere otra drogadicta, aunque no lo sea.

Y así sucedió. En un diario de nota roja salió a los dos días "Drogadicta es hallada muerta en un barranco". El texto de la nota decía que era posible que debiera dinero o cosas así. Nadie en el colegio preguntó nada, la Mary no era de muchos amigos. Era un poco la rechazada de su clase, así que nadie lamentó demasiado la noticia. Eso sí, impactó. Las patojas miraban para todos lados a la salida del colegio, y durante un par de semanas todo mundo fue más cuidadoso. Después todo mundo se olvidó, como pasa siempre.

Como nadie nos vio ese día, nunca sospecharon de nosotros. Además, éramos buenos en las clases. Memorizar nunca me costó, lo que aturde es tanta tarea inútil que le dejan a uno en el colegio ¿Para qué chingados sirve saber que el río Rin está en Europa? Pero bueno, hay que adaptarse si uno quiere pasar a otra cosa. Mientras no se inventen algo mejor hay que hacerle huevos.

A pesar de que nos despachamos con el Paul a otras cuatro en el año, nunca volví a sentir lo de la primera vez. Lo que hicimos siempre bien fue escoger a la muchacha. Bueno, en realidad yo escogía. Buscábamos que no tuvieran familia, que fueran del interior, que fueran putas o tuvieran trabajos de menor categoría. Nadie extraña a los insignificantes. Yo era el que ponía especial cuidado en esos detalles. El Paul era muy impulsivo, descuidado. Me tocaba detenerlo porque no es que la policía te persiga, pero de repente sale algún investigador que sí hace su trabajo y te empiezan a chingar.

Lo malo de ser asesino en serie en un país de tercer mundo es que no tenés reconocimiento. En los países desarrollados la policía y la prensa hacen alboroto, e incluso persiguen por años a los asesinos. A los gringos les encanta hacer películas y series de televisión de los asesinos. Los adoran. Son reconocidos. Eso no sucede acá.

Antes de empezar con todo, éramos buenos cuates con el Paul. Compartíamos varias rarezas, como que nos gustaba encerrarnos en mi cuarto a gritar puros locos hasta que nos quedábamos afónicos. O que aquel coleccionaba ratas muertas y yo patas de gatos. Pero cuando nos despachamos a la segunda—una putía de la dieciocho calle—de un solo disparo en la cabeza, se empezó a poner mula. El imbécil quería "salir de caza" todas las lunas llenas, y ver qué salía. No seas idiota, le decía siempre, hay que escoger, no vaya a ser que matés a la hija de un narco o de un policía.

Así que poco a poco me fui aburriendo de tener que controlarlo. Después de que dejamos en el barranco a la quinta mosca muerta, le dije que ya no iba a cazar con él. Que si quería seguir en el rollo que fuera por su cuenta, pero conmigo ya nada. Se puso al brinco entonces. Me empezó a gritar que yo nunca hubiera tenidos los huevos de hacer todo solo, que le debía mucho, que me iba a chillar a la policía. Hablaba y hablaba el maldito, no se callaba, gritaba y escupía al gritar, me decía todos los insultos que podía. Por más que yo intentaba callarlo y calmarlo, el hijo de puta seguía puro energúmeno descontrolado diciendo cualquier cosa. Hasta que me aburrió y le dije, está bien Paul, busquemos otra mañana, tranquilo. Lo que pasa es que vos sos muy descuidado, no todos los días se puede hacer esto hombre, agarrá la onda. Se fue calmando pero igual seguía puteándome y hablando estupideces. Cuando por fin se calmó, agarré su cuchillo de cazador y le corté toda la garganta agarrándolo por atrás, para no mancharme.

Graciela Noemí Medina
Argentina

Más ineludible que la muerte.

> Qué importa el tiempo sucesivo si en él hubo una plenitud,
> un éxtasis, una tarde.
> J.L.Borges.

Costaba creer que fuese Miriam. Sólo llegué a reconocerla por el lunar. Aquél lunar que según ella, la distinguía.

En realidad lo que la distinguía era su modo de ser. Altanera, caprichosa, ¡linda! La más linda de todas, me tenía muerto de amor por aquellos tiempos. La edad de la concreta y feliz ignorancia. Cursábamos el tercer grado de una escuela nacional mixta, y por error—como ella aseveraba desde su altivez— se mezcló con nosotros. Su papá era el gerente del Banco Nación del pueblo y tanto traslado, hizo que aterrizara en mi grado y en mi vida. Realmente era diferente. Hasta hablaba diferente. Con el léxico que te brinda un roce social * en ese entonces desconocido por nosotros y, que hacía que no siempre entendiéramos lo que decía. Por supuesto que no era el único deslumbrado. Todos los varones intentábamos llamar su atención. Miguelito le mostró su figumas difícil y solo logró un mohín de desprecio. ¡Ignoró al ídolo, a Labruna *, lo máximo!

Víctor lo intentó con su bolón japonés gigante*, aunque no tuvo mejor suerte. Mi oportunidad llegó el día en que la escuela organizó una salida al cine del pueblo. Recién bañado, reluciente el jopo de gomina*, impecable guardapolvos y zapatos lustrados, soñé que Cinema

Paradiso* sería el hacedor del milagro.

Cuando mamá se descuidó corrí hasta el ropero de Beto, mi hermano mayor, y le robé unas gotas de Old Spice*, su mejor perfume. Me miré en el espejo, y me encontré aceptable, al fin y al cabo mamá siempre decía que era el más lindo y el mejor.

Elegante y con dinero, pasé por el kiosco y gasté todo en pastillas de menta, las de goma, y llené ambos bolsillos del delantal. A puntapiés gané un asiento a su lado, y cuando comenzó la película no soporté más y ostentosamente la invité con las golosinas. Ella desdeño la invitación con desprecio. Y orgullosa ordenó que las guardara, que cuando quisiera, compraría.

Dolido, humillado, intenté acomodarme en aquella butaca que parecía quemar, a tiempo que descubrí al gordito Gómez cubriendo su bocaza* con ambas manos, muerto de risa. ¡Justo él que le faltaba un grano para recibirse de choclo*! Sin darme cuenta, avergonzado, ansioso, vacié mis bolsillos pues comí todos los dulces. En mi cabeza se repetían mecánicamente sus palabras:

—Guárdalas, yo puedo comprar cuando quiera; guárdalas, yo puedo comprar cuando quiera; guardalas, yo puedo comprar cuando quiera...

Había descubierto el dolor, el sufrimiento profundo del amor.

Miriam, la más linda de todas. Miriam y su boca despreciativa y el lunar distinguido. La de mis ocho años, mi indigestión y mi vergüenza. Corrí y corrí queriendo llegar al baño, descompuesto. Hasta que me di cuenta, desesperado, que no lo lograría, y efectivamente no pude.

Y tuve que volver, la maestra me estaba buscando, y sin puntapiés esta vez me ubiqué en los últimos asientos; pálido, con el jopo* desarmado y sin calzoncillo*. Lo había tirado en el cesto del baño.

El tiempo, que no sabe de apuros, transcurrió para mi muy rápido, al menos por aquellas épocas. Supe que el gordito Gómez- habiendo perdido algunos excesos en peso y en acné juvenil- había seducido finalmente a Miriam y un matrimonio feliz los mantenía unidos. Luego, negocios que supimos tener en común, el vivir en ciudades vecinas, nos acercaron y forjamos una entusiasta amistad. Más tarde me fui a Europa.

Otras veces es cierto, he vuelto a experimentar esta pena, alguna quizás hasta intentó desahogarme en el desarraigo. La vida es así. Padecer también es sentirse vivo.

He vuelto a Argentina hace algunos meses y también me acerqué a la ciudad y a la panadería de los bizcochos de mi niñez. Inolvidables. La escuela me pareció pequeña, porque se pierden las perspectivas con el transcurrir de los años… Y lo encontré a Gómez, y no pude menos que gritarle — ¡Ey gordo! —y la coincidencia y la sorpresa nos fundieron en esos abrazos gloriosos que no necesitan de mucha explicación. Yo había vuelto y todo era emocionante. Se sucedían los saludos y las preguntas. Me llevó arrastrando hasta su camioneta, a los empellones, así sin dejarme pensar y, me mostró a su Miriam, mi primer amor. La vida y los recuerdos se agolparon. La miré. Quise verla como antes. Ella apenas pudo girar la cabeza y con mucha dificultad extender sus manos y acariciar mi cara. Dos gruesas lágrimas rodaron por su rostro y humedecieron el lunar aquél que la distinguía. Costaba creer que fuese Miriam. Algo comenzó a explicar Gómez sobre una enfermedad neurológica, focos de isquemia, que la sangre no llega a su dicción, pero que entiende… Yo sólo le sonreía, paralizado por el asombro, mudo en la contemplación de lo inevitable del vivir. Algo dije, luego. Quizás hasta pude esbozar una sonrisa… Cuando pude me fui, evitando a duras penas mis ganas de correr y de llorar.

Miriam, altanera y caprichosa.

La vida es así. Más ineludible que la muerte.

*Figu de Labruna: Afamado jugador y director técnico argentino.

*Old Spaice: Fragancia masculina.

*Cinema Paradiso: premiada película italiana de 1988 de Giuseppe Tornatore.

*Bolón japonés gigante: Canicas.

*Bocaza: induce a pensar en una boca grande.

*Jopo: peinado bizarro que intentaba mantener prolijo el mechón de flequillo en los varones de entonces.

*Calzoncillo: ropa interior masculina.

*Roce social: nivel social

*Le faltaba un grano para recibirse de choclo: refrán que refiere a alguien con acné juvenil.

*Isquemia: Medicina. Disminución de riego sanguíneo y consecuente disminución de aporte de oxígeno que afecta diferentes órganos. En este caso alude al habla.

Nury Stella Alvarado Muñoz
Colombia

Mente adolescente.

Hoy me levanté con la esperanza de poder ser alguien diferente. Me coloco a un lado de la cama miro alrededor, pero todo parece estar igual que siempre. Entonces solo me queda esperar. Ojos claros, cabello negro, piel blanca, boca roja, es lo que veo ahora en el reflejo del espejo, pero al parecer es la misma silueta que he visto en estos últimos años, realmente es la única figura que he visto durante toda mi vida. Miro el armario y veo la blusa que hace pocos días había comprado, no estoy segura si la usaré hoy, pienso en lo que dirá mi novio, pero también en lo que dirán mis padres cuando la vean, igual creo que la voy a usar, mas tarde mirare con que mas la usaré.

Tengo muchas ilusiones, mucho deseos, quisiera que todos se volvieran realidad ¡ya!, pero tal vez aun estoy muy pequeña, o eso creo. Ya quiero ser famosa, ser reconocida por todo el mundo, aunque no tengo muy claro cómo hacerlo realidad, me encanta cantar y bailar, creo que soy muy buena, pero no estoy segura, no se lo he dicho a ninguno de mis amigos por miedo a que se burlen de mi o me molesten, solo lo saben mis papas, ellos dicen que tengo un talento natural, pero nunca me dicen nada cuando les digo que quiero ser famosa.

No sé qué piensan ellos, casi nunca lo sé, solo sé que mis padres quieren que sea la mejor… en la universidad, porque no creo que me apoyen mucho con la idea de ser cantante.

Ahora me estoy bañando, pero todo sigue igual, es decir, todos los días pienso en lo diferente que sería mi vida si en realidad pudiera cumplir mis sueños.

Es muy temprano, casi las siete de la mañana, me estoy alistando para ir la oficina de mamá en donde le ayudo medio día para poder pagar mi semestre en la universidad, a la que voy por la tarde hasta las siete de la noche.

Este es otro secreto, muy pocos de mis compañeros de la universidad saben que trabajo medio tiempo todos los días, pero es que en realidad no me parece tan importante, trabajar con mi familia, a diferencia de lo que mucho pueden pensar, tiene varias ventajas. No necesito pedir permiso oficialmente solo digo que faltaré ese día y ¡ya!, eso es todo, tampoco tengo un horario fijo, es decir, termino siendo un jefe más de la oficina y no un empleado. Sin embargo, aunque no es tan difícil, debo cumplir con mi trabajo y con mis tareas, pero no me lamento, porque sé que existen personas a las que les ha tocado una vida más dura.

Mientras empaco mis libros en mi mochila, escucho los pasos apresurados de mi madre, intentando atendernos a todos. Ella, como muchas mujeres, es de admirar. Se levanta a las cuatro de la mañana, se arregla rápidamente y comienza a hacer el desayuno, alistar su almuerzo, el de mi papá, mi hermana y el mío. No solo eso, está pendiente de todos para que lleguemos puntuales a nuestros lugares de destino, después muy rápido, termina de alistarse y sale corriendo para que mi papá alcance a llevarnos hasta la oficina. Es increíble ver la motivación que aun tiene para despertarse todas las mañanas con tanta energía y después seguir con el mismo entusiasmo en el trabajo.

Luego sigue el desayuno, y ahí está mi mamá preparándolo todo para nosotros, lo mejor de todo es que le queda delicioso y es suficiente para toda la mañana. Ahora salgo deprisa como lo hago todas las mañanas, nada ha cambiado, todo sigue igual.

Mi papá nos deja en la oficina, le explico a mi mamá que debo salir unas horas, porque debo hacer un trabajo, ella solo me abraza y sigue trabajando. Salgo y continuo mi camino, en realidad no voy a realizar ningún trabajo, voy para donde esta mi doctor, para que me explique los resultados de unos exámenes que días atrás me realice. Nadie se puede enterar de esto, solo les contaré hasta que confirme mis sospechas.

Una hora más tarde, me dirijo a la oficina; al llegar, mi mamá se sorprende al verme, pensaba que iba a demorar más tiempo, le dije que había tardado poco, porque no faltaba mucho para terminar el trabajo, ella solo me mira extrañada, luego me muestra su sonrisa y continua trabajando.

Después de ir al médico, sigo pensando en lo que me dijo, me da vueltas la cabeza, aunque es algo terrible, siento como si se le hubiera pasado a otra persona, y esa persona me lo estuviera contando a mí. Todavía no puedo creer lo que él me dijo, pero sin importar lo que pase no me puedo desconcentrar, mas tarde tendré tiempo para pensar en eso.

Llega la tarde, almuerzo junto a mi mamá y una tía, en la conversación se ven reflejadas las diferentes emociones que están sintiendo en ese momento, ambas se ven cansadas, pero alegres. Yo no me atrevo a hablar, no quiero que se den cuenta que no me siento bien, que estoy triste y tengo miedo, pero tal vez quedarme callada es peor, porque pensarán que estoy enferma, no quiero explicarles lo que me pasa, me preocupa que me juzguen o que se sientan peor de tristes que yo. Mejor solo muevo la cabeza y sonrío un poco para que piensen que estoy metida en el dialogo.

Ya debo irme a la universidad, me despido de mi madre, creo que ella se da cuenta que estoy un poco distante, pero no le contesto nada y simplemente salgo. Mientras voy de camino, pienso en lo que pasaría si cumpliera mi sueño de ser cantante, no sé si sea posible, y si no lo logro qué pasará conmigo y con mi familia, sé que con la noticia que tengo que darles los voy a sorprender, no sé cómo se sentirán, tengo miedo de hablarles. Sé que mi papá comenzará a hablarme de los gastos que provocaré, de las miradas que recibiré por la condición en la que me encontraré.

Si lo pienso bien, tal vez no sea tan malo, solo debo organizar mejor mi vida, así podré salir adelante, solo tengo 17 años y ahora se me viene otro problema a mi vida, no estoy diciendo que mi vida sea la peor, solo digo que creo que no puedo soportar más. Todos los días es un largo camino que seguramente me llevaran a la felicidad.

Además no sé como decírselo a Luís, bueno si él me ama me entenderá, pero cómo reaccionaría yo si él me contara algo como lo que yo le voy a contar, lo más seguro es que me volvería loca, el parece ser más tranquilo, pero no se qué hará cuando le diga esto, que hasta el momento parece el secreto más grande que he tenido en toda mi vida.

Por fin llego a la universidad, este corto viaje en el bus, me ha servido para reflexionar un poco y darme cuenta de lo que tengo y no tengo, ahora mi mente piensa en el examen que debo presentar en unos minutos, me comienzo a preocupar porque no estudié, solo espero que me vaya muy bien, necesito una buena nota para sacar pasar el semestre.

El profesor acaba de llegar con los exámenes, mi ansiedad aumenta un nivel mas, ya los está entregando, ya quiero terminar con esto.

Listo, me falta responder estas dos preguntas y termino, solo me quedan cinco minutos. Ahora sí, creo que terminé muy rápido, ¿será que la entrego ya?, mejor espero a que otro la entregue. Bueno, ellos ya le dieron la prueba al profesor, ahora si se la entrego.

Salgo del salón y me apresuro para devolverme a mi casa, debo idearme la forma de contarle a toda mi familia lo que me está pasando, no es muy bueno, pero igual debo decirles para que juntos encontremos la manera de ayudarme.

Listo ya llegué, ahora debo esperar a que todos lleguen para hablarles, ya llamé a mi novio y le dije que viniera, pero me dijo que estaba un poco retrasado. De todas maneras, hasta que no estén todos, no le contaré a ninguno. Ya me cansé de esperar, tengo miedo, pero creo que se me ha ocurrido la mejor manera de decirles, sin que tengan la posibilidad de devolverme algún insulto, además supongo que me ahorraré los conflictos que todo este acontecimiento pueda provocar. Está anocheciendo, he tomado una decisión, ahora estoy sentada en mi cama escribiendo una carta para mi mamá, mi papá, mi hermana y mi novio; la dejaré sobre mi cama para que mi mamá la vea más tarde al entrar a mi habitación. Esto es lo que dice mi carta:

"Hola a todos, espero que tú mamá seas la primera en leer esta carta, creo que al fin comprendo la razón por la que vine a este mundo, sé que como madre creerás que una adolescente como yo pensará que vino a sufrir al mundo, pero no, realmente disfruté cada momento junto a ti, no quiero que estés triste, quiero que entiendas lo que acabo de hacer hace unos minutos mientras cuidabas de mi hermana, se que tal vez te dolerá mi partida, pero créeme es lo mejor para ti! Dile a mi papá que lo amaré siempre y que nunca olvidaré los paseos a la laguna, a mi hermana que siempre recordaré nuestras peleas y los locos momentos que pasamos juntas, a mi novio dile que lo amo con todo mi corazón pero también dile que sé que no me hubiera perdonado y me hubiera odiado, dile que siga buscando a su media naranja, porque yo no pude cumplir con ese papel. A todos los amo y sé que en mi otra vida, si es que existe vida después de la muerte, seré una mejor persona y no defraudaré a nadie como lo hice con ustedes. Gracias a todos. No quiero que llores mamá, eso es lo único que quiero. La razón por la que lo hecho es muy difícil de explicar, pero intentaré decirlo: esta mañana me enteré que estaba embarazada, dos meses y medio llevaba esa pequeña criatura en mi vientre, se preguntarán cómo es posible que tenga un bebé si nunca tuve relaciones con mi novio, pues no fue con él, fue con un hombre en una fiesta, no me molesta haber quedado embarazada y no importaba que fuera de una persona a la que no volví a ver, me enfureció el hecho de saber que había contraído SIDA, sé que mis probabilidades de sobrevivir son muy pocas, además no quería que mi hijo resultará afectado, por eso creo que esta es la mejor decisión, espero que me entienda, no quiero causarles daño. Si todo sale como lo espero, me encontraran en el baño, tirada en el suelo. Solo les pido que me perdonen, pero que no me olviden.

Marian. ”

Beto Brom
Israel

Monotonía interrumpida.

En aquel pueblo, todo era como siempre, no aparecían novedades, ni se esperaban sorpresas, el tiempo era el único personaje que día a día mostraba sus distintas caras; sin embargo la vida continuaba sin obstáculo alguno.

Sobre el campanario de la parroquia había un reloj, solo sonaba en eventos especiales.

Ese día, que el primer hijo del pueblo partió a la guerra, dicho reloj comenzó a sonar frenéticamente.

Todos estaban agolpados alrededor de la casa sagrada, y escucharon su repiqueteo, pues a las cinco de la tarde, callaron todos los relojes.

Marlene Osorio Petit
Venezuela

Crónicas de Marian.

Cada vez que oigo y veo las noticias, no salgo de tanto asombro…Muchos me preguntan el porqué; será que soy la única que se da cuenta...

Hace días salí con un grupo de amigas a un Centro Comercial que estaba a la afueras del pueblo. A medida que hacíamos el recorrido por la carretera notamos que el paisaje cambiaba de una manera alarmante de árido, lleno de cactus, a una asombrosa florescencia primaveral…Nos miramos atónitas unas a las otras ya que para llegar desde el pueblo al Mall la duración era de 15 minutos, y apenas habían transcurrido 5 min.

— ¿Qué es eso?... ¡¡¡DIOS MÍO... QUE HERMOSO!!! —dijeron al mismo tiempo mis dos amigas. Ahora no sé donde estamos…aunque yo era la única que lo sabía.

Encerradas.

¿Es la realidad o tengo un sueño recurrente desde hace muchos años?... Estaba haciendo un recorrido con mi hermosa hija por diferentes pueblos, para conocer más a fondo mi País, cuando en uno de ellos bajamos a comernos algo. —¡Qué pueblito tan peculiar!—comenté, ya que su vegetación recordaba a los cujíes de Paraguaná...pero estos tenían una forma muy dantesca. Sus ramas eran como brazos famélicos con grandes manos con dedos alargados que recordaban a las figuras de árboles de los cómics de twilightzone… ¿Se recuerdan, los que tenían una temática macabra…? Bueno, no me produjeron buena espina. Al bajarnos del carro, nos dirigirnos a un pequeño restaurante y cuando entramos, se nos quedaron mirando con los ojos atónicos. En fracciones de segundos reaccionaron de una manera brusca y comenzaron a gritar al unísono— ¡Brujas, Brujas…llegaron las brujas! — se empezaron a incorporar, a balbucir entre dientes.

Salimos corriendo… Teníamos a todo el pueblo tras nosotras. Corrimos como pudimos y entramos en una casa vieja que por dentro parecía un cubo espacial como otra dimensión...Nos asomamos por un visor y todas las personas eran arrasadas por una gran inundación...De repente estábamos rodeadas por un océano. Cuando me volteo hacia mi hija - una chica rubia, blanca, facciones delicadas…con un magnetismo impresionante-, me dice:

—Mamá no te preocupes por mí… Voy a salvar al mundo— .Empezó a transformarse en un hermoso delfín blanco…Saltó del cubo al intenso y azul mar….Yo ahora vivo... ¿Es una realidad o una fantasía?

Rosakebia Liliana Estela Mendoza
Perú

Microrrelatos.

1.

—El diccionario Español-Francés no me sirve.
— ¿Qué haces?
—Traduzco la hora.

2.

Creo que el encargado de recepción tenía los dedos impares ortopédicos, de un metal reluciente y filoso. Porque se arreglaba el cabello como en una fotografía de infancia, en la cual él se sostenía el sombrero que ya se había volado.

3.

A una muchacha con su abrigo de piel de cerdo, le dijeron dos veces: muchacho.
La muchacha busca trabajo de contadora en un prostíbulo.

Laura Díaz Olea
Chile

Hogar.

Entusiasmado colocó su cama pegada a la muralla. Al lado una mesita y, sobre ella, una pequeña radio a pilas. Se sentó en la cama, tomó el diario de hoy y pasó la vista por las letras, más concentrado en la calidez de su nuevo hogar que en la lectura. Una niña se acercó y le entregó un paquete de galletas, sonriéndole alegremente. Lo recibió agradecido, pero sus palabras se vieron interrumpidas por una voz urgente.

—Hija, ven, ven, ¡ven!

Entonces su hogar se volvió frío. Tanto la cama como la mesa se convirtieron en simple cartón, el diario en su abrigo, la radio en un mero desecho y el paquete de galletas en su cena.

Carencia.

Otra vez en el hospital. Otra vez lo veía manchado con sangre. Antes siempre se trataba de pintura, pero ahora fluía de sus venas. Si no fuera por él su hermano ya habría muerto tres veces.

Su padre los llamaba para ir a ver un partido. Bueno, lo llamaba. Porque el otro no era lo suficiente hombre como para pisar un estadio. Ni tampoco lo era como para ser llamado su hijo.

Su madre los regañaba por manchar la alfombra. Lo regañaba. Porque estaba claro cuál de los dos era el aficionado a la pintura. Cuál de los dos era el artista. El sensible. El marica.

La empresa de camiones tenía un heredero. Uno. Al otro ni se le mencionaba. Lo empleados tampoco lo hacían, como si tuviesen miedo de que el olor a grasa se transformara en el aroma de los pinceles.

Su esposa le decía que lo mejor era olvidarse de él. Que su hermano ya no tenía solución. Es la tercera vez, ¿verdad? Por eso está solo ¿Quién va a querer estar al lado de un adulto así?

David, el mayor, sentía la culpa de nunca haberlo apoyado, de nunca haberlo defendido; Damián, el menor, se había perdido hacia mucho y ya casi no pensaba, no de manera descifrable, por lo menos.

Damián lo llamó. Sonaba a despedida. David le exigió que esperara. ¿Podría ser la cuarta vez la definitiva?

Estacionó frente a una humilde casa y bajó del vehículo ¿Damián? Nada. Todo estaba en orden, repleto de cuadros y pintas multicolores en el piso. Lo único que captó su atención fue un papel sobre la mesa del comedor.

"Siempre he carecido de tu ingenuidad, hermano… Supongo que por eso, precisamente, soy yo el que está vivo".

Y entonces las letras se tiñeron de rojo.

Madre.

Ese alumno desordenaba a los restantes veintinueve del salón y ya estaba aburrida de luchar contra él. Por eso, la cita con su madre era el evento más importante del día. Allí, sentada frente al chiquillo, espera-ba conocer a la mujer que lo malcrió ¡Tenía el discurso preparado desde hacía días!

Una elegante y bella señora apareció frente a sus ojos. Pero, antes de que pudiera siquiera ofrecerle asiento, el estudiante comenzó a gritar.

— ¡Tú no eres mi mamá! ¡Dile a mi mamá que venga!

— ¡Tu mamá soy yo!

— ¡Es tarde para eso! ¡Dile a mi mamá que venga!

La maestra no sabía qué hacer. El parecido físico delataba que ella era su madre, pero el chico insistía en lo contrario, al punto de llorar, en el que parecía ser un gran berrinche. El joven sacó su celular y llamó a la que nombraba madre. Los gritos cesaron, pero la tensión existente ahogaba a la profesora. Madre e hijo estaban frente a ella, esperando por la supuesta "mamá". Transcurrieron cerca de veinte minutos para que se asomara una señora bajita y rechoncha por la puerta, vestida con ropa simple, sin nada que resultara refinado. El estudiante se abalanzó hacia la mujer y tanto los gritos como los llantos comenzaron otra vez.

— ¡Rosita, tú eres mi mamá! ¡Dile a esa mujer que se vaya!

— ¡Pero si la Rosita es nuestra empleada!

La educadora ya no necesitaba entender la situación. Además, el discurso se le quedó atragantado en la garganta.

Libia Esther Cantillo Vásquez
Colombiana

Retraso.

Ella tardó horas frente al espejo arreglando su cabello…Luego vendrían las uñas y después…viajaría en avión con su marido en un ataúd. Ahora el entierro se aplazaría por haber llegado tarde.

Cuando conoció a Ricardo Morantes, lo primero que le impresionó no fue su vestido de corte inglés sino su puntualidad a la hora de la cita. Ni un minuto más ni un minuto menos tal como lo soñaba y ese gesto hizo que el cielo para ella fuera rosa…

Treinta años de matrimonio soportando un amor cronometrado, su firmamento se llenó de nubarrones…

Miguel De La Cruz
México

Un mal día.

Su conciencia era invadida por el ataque de una plaga de alfileres. Con su desesperación las dificultades parecían interminables. El mecanismo de defensa se activó y la sensatez de sus piernas lo alejo del origen. A cada paso los rayos del sol se hacían más presentes, la tormenta de arena empañaba su rostro, y como marco, el día le regalaba un matiz gris.

Desolado, en un clima casi inhumano, la luz enfoca mi rostro. Las gotas de arena raspan mi piel, levanto la vista y a lo lejos veo una roca. Mi actitud cansada motiva el acelerar del paso, —recobraré la energía al sentarme en ella—, pensé. Poco a poco el bulto se hace grande y la roca ya no es roca. Al llegar, la duda y el miedo emboscaron mi desgraciado ser. La abundancia del silencio adornaba el ambiente.

Una camisa a cuadros, la parte frontal desfajada, y los tenis sucios desgastados de la punta, delataban su amistad con el balón. Traía un pantalón negro bien planchado, vestido quizás para una reunión social. El brazo extendido terminaba con una piedra. Desafiando a su enemigo se quedo ahí, estático, como un luchador de plástico. El pequeño ser estaba inmóvil, ansioso por ser descubierto. Como si fuera un chisme, de la boca se le escapaba el escarlata de la violencia. El montoncito contenía un sinfín de posibilidades que ofrece la juventud. Con el entrecejo ceñido, conservaba una mueca irónica, desafiante, un coraje inocente incapaz de hacer daño.

Había un aroma de frustración, quizás por las aventuras interrumpidas, la felicidad contenida o la energía potencial fugándose por la hendidura de sus heridas.

Le quité la piedra y la aventé al vacío. Alcé la mirada y emprendí el camino de regreso. Pido al azar que no comparta su destino.

Jorge Luis Ponce Ode
Cuba

Nivel de realidad.

Quería escribir un cuento bueno, el mejor de todos los cuentos, algo que tuvieran que estudiarlo hasta la desesperación. No podía dormir, el relato estaba conmigo, roncaba como un condenado. Cuando me decidí eran las cuatro de la mañana. Mi mujer estaba del lado derecho de la cama, con un dedo pulgar en la boca y las sábanas se habían corrido durante la noche, dejándola casi desnuda. Es bella mi mujer, susurré mientras me levantaba. Repetí algunas ideas en alta voz. Ya lo tenía en la punta de la lengua.

En la oscuridad del cuarto tropecé suavemente con la cuna. Mi hija estaba bocarriba, chupándose el dedo gordo, un juguete entre las piernas, todo comiquísimo. Es bella mi hija, volví a susurrar y le acomodé el mosquitero. Fui en busca de un vaso de agua y algo de café. La cocina estaba reluciente, entre todos la limpiamos en la tarde, no quedó ni una cucaracha. Nerón se sentó a mis pies, esperando alguna golosina. Le dije, Nerón, estoy creando y agachó la cabeza. Qué lindo es mi perro, dije a la cocina.

Luego tomé, por fin, unas cuartillas, encendí un cigarro y exhalé un tenue suspiro. Supe que lo tenía atrapado. Escribí el título, tres palabras únicas en el mundo para titular un cuento. Entonces vi, a un lado del escritorio, la foto de nuestro último verano. Mi hija se había embarrado con merengue, abrazaba mi pierna izquierda y me halaba los pelitos. Mi mujer alcanzó a besarme una oreja en el instante de la foto. Yo estaba inmóvil, dejándolas hacer. La foto es a colores, aunque no los necesita. De pronto perdí la inspiración y apagué la luz. Ninguna de las dos se había movido. Qué bellas son, les dije mientras me acostaba. Nerón se apoderó de una esquina al lado de mis pies y se echó patas arriba. Esa noche supe que ya había ganado un premio.

La caja negra.

No le dije nada en la puerta, sino después, casi en la cocina, como lo había planeado. Ella se metió en el cuarto de golpe, arrastrando las cosas regadas que quedaron de la noche anterior, protestándome por la desconsideración y esas cosas que la tenían harta. La decisión estaba tomada, claro está, pero todavía pensaba que pudo no ser así, que al fin y al cabo nos soportamos tanto tiempo, nos callamos palabras que pudieron terminar con esto desde mucho antes, pero no lo hicimos. Lo que ocurre es que no puedo vivir así para siempre, no es justo el desamor, el desarraigo, la crueldad cotidiana, el mal humor de esta mujer durante todo el santo día.

Sabía que mi esposa no estaba ni estaría en casa, que la universidad la tenía cargada. Encontré en el baño la caja negra, la revisé por encima, comprobando que no estaba vacía. La vieja seguía peleando en el cuarto, frente a una foto de Fulgencio Batista. Entonces lo saqué de la caja y empecé a cargarlo. No le cabe mucho, pero sí lo suficiente como para terminar con ese martirio de escucharla todo el día. Solo entonces la llamé para enseñárselo. Lo puse encima de la mesa, brillante y cargadito. Así es como único voy a salir de ti para siempre, le dije. La vieja me ripostó con que no hiciera esa locura, tampoco era para tanto. Pero lo era y no quise perdonarla.

Pensé en mi mujer y lo que sentiría cuando la encontrara en la cocina, a su tía del alma. Tampoco es para tanto, me consolé, sonreí plenamente y se lo puse delante de la cara. La vieja abrió los ojos, se dio cuenta de que no jugaba esta vez, que lo haría de todos modos. —Por favor— me dijo. La miré por última vez, —aquí tengo— ya te lo dije antes— todo lo que me pertenece… y salí a la calle, como un Che moderno, sin dejar una huella mía en la puerta.

La entrega.

No se veía nada, eso es verdad, yo lo vi todo después que bajaron las aguas. Un perro daba gritos desordenados y la pala no apareció. Me acosté para dormir, pero no hice más que pensar en el asunto. Si el jefe entendiese, nada de esto hubiera pasado, pero jamás entendería. Dios sabe que no tuve otra opción. Habíamos sido amigos, la de cosas que hicimos cuando muchachos. Solo que los años pasan y uno se vuelve responsable, se atiene más a las circunstancias. Es verdad que era una gente seria este Pelencho, pero no me dejó otra. Debió esperarme en el sitio de siempre, con el paquete bien envuelto. Le dije envuélvelo bien para que no se pierda ni una onza, para que no se moje con esta lluvia que está por caer. Y llovió. Es verdad que creció el río, que casi todos los puentes se rompieron y nadie podía cruzar. Es verdad que estaba oscuro. Pero el deber es el deber y fui a buscarlo. Cuando llegué estaba secando la ropa. Me miró a los ojos, balbuceó unas palabras y se disculpó. Le dije que con eso no bastaba, para mí sí, pero cómo convencía al jefe, cómo lo convenzo, qué va, no entiende, le dije. Fuimos al lugar donde perdió la mercancía. Es verdad que el puente se deshizo, que las aguas lo arrastraron cuando intentó cruzarlo y el paquete se rompió. Aún así el jefe no entendería y se lo dije. Lo golpeé en la cabeza con el revólver y cayó al suelo.

Cuando lo hundí en la corriente, movió un poco las piernas y las manos, pero después se quedó quieto, un hilo de polvo blanco se diluyó en el agua, venía de la orilla opuesta, de un pedazo de nylon enganchado en la maleza. Es verdad que no hice ruidos, no di golpes, solo una torcedura, creo que no sufrió tanto. Fui en busca de una pala, pero como no la encontré, lo dejé recostado a una ceiba; parece que espera a alguien. Yo sé que no. Cuando llegue el jefe, si es que puede cruzar, le diré que lo disculpe. Es verdad que no se veía nada.

El cuerno del cazador.

Miré la bata en su cuerpo y apreté los puños. Ella se la puso un par de veces, creo que para estimularme, pero un día la dejó de usar sin más ni más, hasta este domingo en que me entero de todo. La semana pasada no me importó que fuera la muchacha más linda de la fiesta ni que se fijase en mí, precisamente en mí. Tú viste ese primer beso, miraste las luces del teatro y te volviste sin decir nada. Sé que no te gustó la idea de verme con alguien, es decir, con una. Pero tú lo supiste siempre y nunca te importó que también me gustara. Hasta esa noche, ya lo sé, porque no debiste hacer una cosa así a pesar de tu dolor y esta basura de celos que no pueden evitarse. Lo que no supiste entender es que yo era el mismo, sentía lo mismo, quería lo mismo. Cuando ella se apareció en mi habitación con esa bata de dormir, confieso que me olvidé de ti porque hacía unos cuantos días que no nos veíamos. Entonces le pregunté si la había comprado, si era un regalo, un recuerdo de alguien importante, pero ella bajó los ojos y calló.

Nunca me hubiera dado cuenta de eso ni de tu lejanía radical, si no fuera por este paso errático de ella o porque estabas tan rabioso que no pensaste que podía descubrir todo y separarme para siempre de ti, justo como hago ahora. Hoy dijo que no vendría a verme y por eso aproveché para buscarte, decir que a pesar de todas esas cosas que uno habla cuando le duele algo, aún te amo. Cuando sentí que llegabas quise darte una sorpresa, sorprenderte detrás de la cortina, que supieras que todavía guardo la llave. Sin embargo era su voz del otro lado de la tela, diciéndote que eras lo mejor del mundo y nunca olvidaría ese gesto tuyo, esa idea tuya de que usara una bata de encajes para seducirme, una bata de dormir, esa bata.

ÍNDICE: